最　愛

小杉健治

集英社文庫

目次

最愛

第一章　傷心旅行

1

六月半ば、梅雨の季節だが、今日も青空が広がっていた。

午後の民事訴訟の裁判を終え、裁判所の合同庁舎を出て、虎《とら》ノ門《もん》方面に歩きだしたところで、鶴見京介《つるみきようすけ》は背後から声をかけられた。

「鶴見さん」

女性の声に、立ち止まって振り返る。

眼鏡をかけた細身の女性が駆け寄ってきた。黒のジャケットに黒のパンツ。スタイルがよく、さっそうとしている。

「的場《まとば》さんじゃないか、どうしてここに？」

京介は驚いて問いかけた。

司法研修所の同期の的場成美《なるみ》だった。京介と同じ三十三歳だ。成美は横浜在住で、神奈川県弁護士会に所属している。

「ええ、公判前整理手続で」

「公判前整理手続」とは、裁判所、検察官、弁護人で話し合いをし、裁判が迅速に行えるように事前に争点や証拠の整理などを行うことである。

「東京地裁の案件を？」

京介は化粧っ気のない顔を見つめてきいた。

「ええ」

成美は頷《うなず》いてから、

「今日は、検察官からあらかじめ提出されていた証明予定事実記載書についての打ち合わせ」

と、説明した。

「証明予定事実」とは、裁判で証明しようとする犯罪事実である。第一回の公判前整理手続で、検察官は争点となる犯罪事実をどのような証拠で証明していくかを示し、それに対して弁護人が意見を述べ、協議の結果、検察側の証人の顔ぶれや提示する証拠品などが決まる。

次回の公判前整理手続までに、今度は弁護人が被告人側の予定主張を提出し、証明予定事実を示さなければならない。

こちらの証明予定事実とは、弁護側が裁判で弁護をする内容である。どのような証拠で反論するか、示さなければならないのである。

「時間、あるかしら。ちょっとお茶でもどう？」

成美が誘った。

「だいじょうぶ」

日比谷公園の中にある喫茶店に向かう。

「まさか、こんなところで君に会えるとは思わなかった」

「私も。人違いかとも思ったんだけど、思い切って追いかけてきてよかったわ」

店は野外音楽堂の近くにあった。

そこに入る。

コーヒーを頼んだあと、

「噂《うわさ》に聞いているよ。横浜に凄《すご》い女性弁護士がいるとね」

と、京介は口にした。

「からかわないで」

「ほんとうにそういう噂だ。的場弁護士だと聞いて、さもありなんと思ったんだ。なにしろ、君は研修所ではトップの成績だったからね」

京介は才媛の成美を讃《たた》えた。

「でも、私の専門は民事のほう」

「刑事だって、相当なものだと聞いている。で、今回は刑事事件を?」

「ええ、被告人の両親から頼まれて」

コーヒーが運ばれて来て、京介は砂糖とミルクを入れてかきまぜる。

「でも、今回ばかりは厳しいの」

成美は心持ち眉根を寄せた。

「どんな事件?」

京介はきいた。

「足立《あだち》区の資産家の家で起きた強盗殺人事件よ」

成美は口にする。

「確か、高齢の女性をハンマーで殺した……」

新聞記事を思いだした。

事件は二カ月前の四月十日、真っ昼間の犯行だった。若い男が足立区の一戸建ての住宅に宅配業者を装って訪ね、玄関の鍵を開けさせて家の中に強引に押し入り、高齢の女性をハンマーで殴打殺害し、タンス貯金の八百万円を盗んで逃走したというものだ。

しかし、途中、警察官の職務質問に遭って、逃走を図るもその場で捕まった。

京介はそのときの記事を思いだしながら、

「その若い男の弁護を？」

と、きいた。

「ええ。栗林優太《くりばやしゆうた》という二十四歳の男性よ」

成美は頷く。

「警察は単独での強盗殺人としているけど、栗林優太は闇バイトに応募し、指示役の男に命じられるままに押し入ったと言っているの。それに、押し入ったのはふたりで、もうひとりが女性を殺したと……」

「ふたりで押し入ったけど、捕まったのはひとり。もうひとりは逃げ、その男が人殺しをしたと？」

京介は確かめた。

「そうなの。現金回収役の男に盗んだ金を届ける途中で、職質に遭ったと言っているわ」

「警察はそう見ていない？」

「ええ」

「警察はどうして栗林優太が殺したと考えたのだろうか」

「ハンマーに被告人の指紋がついていたの。被害者宅に侵入したのは被告人だけで、ふたりで押し入ったというのは嘘《うそ》だと。もちろん、闇バイトで指示役の男に命じられて押し入ったというのも作り話だと。つまり、最近の広域強盗事件に便乗しての犯行だと決めつけてるの。というのも、ちょっとそういうケースと違っていて」

成美は説明する。

「広域強盗事件は事前に電話とか訪問をして調査してから押し入っているということだけど、足立区の強盗殺人の被害者宅にはそのような形跡はないの。被害者の息子さんは殺された母親からそのような話は聞いていないと言っているのよ」

成美はさらに続けた。

「母親が話していなかっただけということも考えられると思ったけど、息子さんは常にオレオレ詐欺を心配して、へんな電話はなかったか、見知らぬ人間が訪ねてこなかったかとか、帰宅するといちいちきいていたらしいの」

「そうか」

京介は状況を理解した。

「栗林は今でも闇バイトに応募したと訴えているのか」

「ええ。でも、警察は栗林の単独犯行だと決めつけているのよ」

「栗林の主張に信憑性《しんぴょうせい》は?」

「あるわ。ほんとうのことを言っていると私は確信してる」

そう言い、成美はコーヒーに口をつけた。

「指示役とはスマホでやりとりをしていたの。それを裏付けるように、特定の電話番号と通話しているわ。相手の番号は持ち主不明なの」

「なるほど。指示役の存在を示しているな」

「ええ。でも、警察は栗林の偽装だと」

「偽装？」

「わざとそこに電話をして、指示役の存在を匂わせているだけだと」

成美は続ける。

「確かに、それだけでは指示役から強盗を命じられたという証拠にはならないが、でもそこに活路は見出《みいだ》せそうだ」

「そうね。栗林はそんな工作が出来るような人間には思えないわ」

成美はそう言い、

「親御さんの話では、栗林は大学受験に失敗してから、世間を斜《しゃ》に構えて見るようになったらしいの。夜遊びも増え、アルバイトもひとつところで長続きせず、親の金をこっそり口座から引き出したりして、やがてサラ金から金を借りるようになったそうなのよ。でも、親御さんは人殺しなど出来る子ではないと訴えているの」

息を継いで、成美は続ける。

「本人は闇バイトに応募したことを後悔しているけど、人殺しはしていないと、泣きながら訴えているわ。その涙に嘘はないと思う」

「闇バイトか」

　京介は顔をしかめた。

「なぜ、割が合わないはずなのに、闇バイトに手を染めるのだろうか」

「サラ金への返済で、どうしてもまとまったお金が欲しかったそうよ。高額バイト、即日入金の文句に惹《ひ》かれて」

　成美は眉根を寄せて言う。

「しかし、強盗をやるなんて」

　京介は首をひねる。

「闇バイトの申し込み時に、氏名、住所、家族構成などの個人情報を登録させられたそうよ。自分のことをすべて指示役の男に知られていて、言うことをきかないと家族や身近なひとに危害を加えると脅されて、やむなく実行したのよ」

「捕まるのは闇バイトに応募してきた若者ばかり」

「ええ、捕まるのは末端だけ。秘匿性の高い通信アプリを利用しているため、指示役の男に辿《たど》り着けないの」

　成美は溜《た》め息《いき》混じりに言う。

「で、指示役の指示に従って強盗に入ったのだとしても、栗林はほんとうに殺しには関与していないんだね」

「ええ、殺したのはもうひとりのほうだと言っているわ。もうひとりが指示役の男に言われてハンマーを持っていたそうよ。住人の女性が騒いだとき、いきなりハンマーで殴った。栗林はあわてて止めに入って、ハンマーを取り上げたそうなの」

「もうひとりの男の名は？」

「犯行の当日に会っただけで、名前もどこに住んでいるかも知らないの」

成美は吐息をつき、

「スマホで指示されて、自分はジローと名乗るように言われ、北千住《きたせんじゅ》駅のルミネの前でイチローという男と会ったそうよ。そのときが初対面で、それから犯行現場に向かったと」

「だが、警察は信じないか」

京介は眉根を寄せ、

「イチローと名乗る男の手掛かりは何もないのか」

と、きいた。

「自分より三、四歳上ぐらいで、がっしりした体格の男。切れ長の目はつり上がっていたそうなの。きつね目ね」

「きつね目か。しかし、どこの誰ともわからないとなると、見つけ出すのは難しい。指示役の男も共犯の男もわからないとなると、厳しいね」

京介は溜め息をついたが、

「犯行後、栗林はどこに向かうところだったんだい？」

と、きいた。

「指示役の命に従い、千住大橋の袂《たもと》で待っている現金回収役の男のところに向かう途中で警察官の職務質問に引っ掛かったのよ。挙動がおかしかったのでしょうね」

「その間に回収役とイチローは逃げたのか」

「栗林はそう主張しているわ。職質されたとき、バッグに現金八百万と血糊《ちのり》のついたハンマーを持っていたから、何の言い訳も出来なかったのね」

成美は溜め息をついた。

「で、強盗殺人の容疑で起訴され、今日が公判前整理手続の第一回の招集日だったの」

「指示役の人間どころか仲間のこともわからないのは厄介だな」

京介は顔をしかめた。

「鶴見さんは刑事事件もたくさん扱っているんでしょう。何かアドバイスがあったらいただけると助かるんだけど」

「アドバイスだなんて」

「相談に乗ってもらえるかしら」

成美は少し疲れているようだ。

「協力するよ。ところで、栗林は一貫して闇バイトに応募したと主張しているんだね」

「ええ。でも、状況は厳しいわ」

「いや、被告人の言い分が事実ならば、きっと何か糸口が見つかるはずだ」

京介がそう言うと、

「そうね。さっきの指示役とのスマホでのやりとり。ここから何か摑《つか》めるかもしれないわ。糸口を捜してみるわ」

成美は声に力を込めた。

「これから帰って、調べてみる」

「うん」

京介は励ますように頷いた。

「あら、こんな時間」

成美は腕時計を見た。四時を過ぎていた。

「鶴見さんに会えてよかった」

「事務所は裁判所から近い虎ノ門だから、遠慮なく寄ってくれ」

「柏田《かしわだ》先生の事務所だったわね」

「そう。そこにお世話になっている」

京介は虎ノ門にある柏田四郎《しろう》法律事務所の居候弁護士だ。柏田はいくつもの冤罪《えんざい》事件を解決しており、法曹界では評判の弁護士だった。

思いがけず長時間になり、ふたりは喫茶店を出た。


虎ノ門の事務所に戻った。

留守中に二件電話があったことを事務員から聞いたが、急ぎの用ではなかった。

執務室に落ち着くと、成美の話を思いだした。

高額の報酬をちらつかせてバイトを募り、応募してきた若者に強盗を働かせるという事件が相次いでいた。

応募時に個人情報を登録させる。これで、指示役の男たちに自分の住いや家族などの情報が渡り、指示どおり動かないと危害を加えると脅して言うことをきかせるのだ。自分たちは安全な場所にいて、応募してきた若者に強盗をさせる。

卑劣な連中だ。

京介はパソコンで、足立区の強盗殺人事件を検索してみた。

今年の四月十日午後三時過ぎ、足立区千住六丁目の一戸建ての花村良久《はなむらよしひさ》宅に強盗が押し入り、在宅していた母親（八十二歳）をハンマーで殴打して殺害し、現金八百万円を盗んで逃走した。

同日三時半ごろ、バッグを抱えて千住大橋に歩いて向かう挙動不審の若い男を発見した警察官が職務質問をしたところ、急に逃げだしたので取り押さえた。バッグの中身は現金八百万円と血糊が付いたハンマーであった。

若い男は黙秘していたが、やがて観念して自供した。栗林優太である。

栗林の自供どおり、千住六丁目の住宅で、高齢の女性の遺体が発見された。

四月二十八日、栗林は強盗殺人の容疑で起訴された。

的場成美に偶然会ったことで、この事件を思いだしたが、京介は以前より闇バイトに応募する若者の実態を憂慮していた。

栗林優太の場合、現金回収役の男に盗んだ八百万円を渡したあと、いくらの報酬をもらう約束だったのか。

おそらく数十万円だろう。

実行役には捕まるというリスクがあるが、指示役のほうは強盗に失敗しようが影響はない。

成美には、きっと糸口が見つかると言ったが、指示役の男や共犯のイチローを捜し出す以外に何か手があるだろうか。

京介は厳しい現実を見せつけられる思いだった。

2

十月二十日。空は悲しいまでに青く澄み渡っている。中越《なかごし》ちづえは深呼吸をして涙をこらえ、両側の壁に土管が埋め込まれた土管坂《どかんざか》を上がって行く。

年配の女性のグループが楽しそうに喋《しゃべ》りながら坂を下ってきた。

今朝、東京を出発し、新幹線で名古屋まで来た。そして、名鉄名古屋駅から常滑《とこなめ》線に乗り、焼物の町、常滑にやってきた。

常滑の焼物を代表するものが土管だ。明治時代から生産され、上下水道に使われてきた。ＩＮＡＸライブミュージアムでは、土管を焼いた大正時代の煉瓦《れんが》造りの大きな窯を見ることが出来る。

ちづえは一年前、このミュージアムに今川修三《いまがわしゅうぞう》といっしょに来た。今川とのはじめての旅行だった。


ちづえが今川と出会ったのは三年前の秋。仕事先で不愉快なことがあって、同僚といっしょに新橋の居酒屋に行って憂さを晴らした。

店を出たのは十時前で、同僚と別れたが、まだまっすぐ帰る気にならず、別れたばかりの彼と行ったことがある銀座の『夜の扉』というバーに足を向けた。

狭い階段を上がった二階にある店で、赤いベストのバーテンダーがふたりいるカウンターだけの店だった。

彼と別れて二カ月経《た》つ。久しぶりに訪れたが、年配のバーテンダーはちづえのことを覚えていてくれた。

「どうぞ、こちらに」

奥を指し示した。

ちづえはカウンターの奥に座った。

「今夜はおひとりですか」

バーテンダーがきいた。

「ええ、ひとり」

バーテンダーの背後には洋酒のボトルがネオンのような輝きを見せて並んでいる。まるで黄金の夜景を見ているようだ。

「何か、別れた恋人の仕合わせを祈りながら呑《の》むのにふさわしいカクテルをお願い」

ちづえはいたずらっぽく言った。

バーテンダーは微笑《ほほえ》みながら、

「承知いたしました」

と応じた。

そこに、扉が開いて、四十歳ぐらいの男が入ってきた。いかつい顔はゴリラを連想させた。目付きは鋭く、どこか危険な感じのする男だった。瞬間いやだなと思った。

黒いシャツの胸元が大きく開いて、金のネックレスが見える。ロレックスの腕時計。腕にはタトゥー。

もうひとりのバーテンダーが男に応対している。

目の前で年配のバーテンダーがシェーカーを振り、グラスに移した。

「どうぞ」

目の前にグラスが置かれた。上部がブルーで徐々にピンク色に変わっていく。

「ジンとバイオレットリキュール、それに……」

バーテンダーが説明をはじめたとき、目の端に、黒いシャツの男が近づいてくるのがわかって、ちづえは身構えた。とたんに、バーテンダーの声が耳に入らなくなった。

「あんた、以前ここで会ったな」

隣に座るなり、男が言った。

「いえ」

戸惑いながら、ちづえは首を横に振った。

「青白い顔の男といっしょだった」

彼と来たとき、この男もこの店にいたのだ。

「待ち合わせか」

ずけずけときいてくる。

「いえ」

「また、いえ、か」

男は苦笑し、

「じゃあ、きょうはひとりか」

と、無遠慮にきく。

ちづえは頷く。

「あの男はやめときな」

「えっ？」

「あんたにはふさわしくない」

「…………」

「どうした、怒ったか」

「いえ。もう別れました」

ちづえはなぜか正直に話した。

「ほんとうか」

「ええ、二カ月前に」

ちづえはグラスを摑んだ。

「そいつはよかった」

男は言い、立ち上がって自分の席に戻った。

年配のバーテンダーは微笑み、

「じつはそのカクテル、別れと新しい出会いの意味があるのです」

と、言った。

「あのひとの言うとおりですよ」

あっと、思った。

「もしかして、彼、ここに来たのですね。女性を連れて」

「……………」

バーテンダーは答えなかったが、間違いないと思った。

そのとき、今の黒シャツの男もいたのだ。

やはり、別れて正解だったのだと、自分を納得させた。

客が増えてきて、ちづえは引き上げることにした。

ドアに向かうとき、ちづえは黒シャツの男のところに行き、

「さきほどはありがとうございました」

と、挨拶した。

「帰るのか。そうだ。明後日《あさって》、またここに来る。よかったら、あんたも来ないか」

「………」

返事に困った。

「まあ、来れたら来いよ」

「ええ」

ちづえは曖昧に返事をしてバーを出た。


二日後、ちづえは銀座並木通りにある『夜の扉』が入っているビルの前に来た。

だが、逡巡《しゅんじゅん》した。なぜ、ここまで来てしまったのだろうと、自分でも不思議だった。

黒シャツの男は今までちづえが知る男たちとは異質だった。やくざではないようだが、堅気とも思えない。

恐れと嫌悪感がありながら、なぜか無視できなかった。

思い切って、階段を上がった。

バーの扉に手をかけて、また迷った。深呼吸をして、扉を開けた。

カウンターに黒シャツの男の背中が見えた。

「よお」

男は振り向いた。

「ここへ」

隣の席を指差した。その命令するような言い方が気に入らなかった。腕のタトゥーを見て、やはり来るのではなかったと後悔した。

「何しているんだ。さっさと座れよ」

わざとゆっくり、ちづえは男の隣の椅子に座った。

「いらっしゃい」

年配のバーテンダーが声をかけてきた。

「同じものをください」

「無理するな」

男はロックグラスを手にしたまま笑った。なんだかばかにされたような気がして、

「私は呑みたいものを呑むんです。いちいち、口をはさまないでください」

むかっとして、言い返す。

「これバーボンだ、いいのか」

「はい」

「名前はなんて言うんだ？」

男は無遠慮にきいた。

「ひとにきく前に自分から名乗ってください」

「それはそうだ」

グラスに口をつけ、

「今川修三だ」

と、答えた。

「どうぞ」

グラスが置かれた。バーボンのロックだ。

一口呑んで、顔をしかめた。

「やめとけ。それ俺がもらうからカクテルを作ってもらえ」

男は勝手に、バーテンダーに聞き慣れないカクテルの名を告げた。

琥珀色《こはくいろ》のカクテルが目の前に置かれた。

口にすると、甘かった。

「お仕事は何をされているのですか」

ちづえは男にきいた。

「……リサイクル業だ」

答えるまで間《ま》があった。

「リサイクル業？」

「企業や家庭で不要になった品物を回収してリサイクルして販売する。その会社をやっている」

今川はうっとうしそうに言い、

「で、あんたの名は？」

と、顔を向けた。

「中越ちづえです」

「そうか」

そう言うと、今川はちづえがいることを忘れたかのようにバーテンダーと話しだした。競馬の話をしていたが、いつの間にか話題が変わっていた。むささび連合とか鬼爆会《きばくかい》とかいう言葉が今川の口から出てきた。

どうやら暴走族が解散したあとに、元メンバーが集まって出来た半グレ集団の名のようだ。犯罪すれすれのことをしているとか話していた。

今川が半グレ集団の仲間だったとすれば、ちづえの受けた印象も頷ける。

自分とは住む世界の違う人間だ。これ以上付き合っていても仕方ないと思い、さっさと引き上げようとしたとき、

「あんた、あの男が好きだったのか」

と、いきなり顔を向けてきいた。

「それほど好きだったわけでは……」

ちづえはつい問いかけに答えてしまう。なんで答えたのかと後悔した。

「だが、一昨日《おととい》のカウンターに座っていた姿は寂しそうだった」

「女ひとりだから、そう見えたのでしょう」

ちづえは突き放すように言う。

「じゃあ、なんともないのか」

「ええ」

「強がりじゃないな」

今川は確かめるようにきいた。

そんなことあなたに関係ないじゃありませんか、と言おうとしたが、口から出たのは違う言葉だった。

「彼には他にも付き合っていた女がいたんです。それを知ったら、気持ちが急に冷めてしまって」

「向こうはどうなんだ？」

「どうって……」

「あんたに未練があるんじゃないのか。電話がかかってくるだろう」

見透かしたように、今川はきいた。

「やはり、まだ気持ちの整理がついてないようだな」

「そんなことありません」

「まあ、いい」

「帰ります」

ちづえは椅子から下りて言う。

「もう帰るのか」

今川は表情を変えずにきく。

「帰ります」

「待て」

今川は名刺を出した。

「何かあったらここに電話しろ」

ちづえははずみで名刺を受け取ったものの、すぐ突き返そうとした。だが、意に反してバッグに入れていた。

新たな客が入ってきた。

「降られた」

スーツの男の髪が濡《ぬ》れていた。

小窓に目を向けると、窓ガラスに雨滴が流れていた。

「いきなり、ざっと降ってきた」

男はバーテンダーに言う。

「雨が止《や》むまで待て」

今川が言う。

ちづえは迷っていたが、

「何している、早く座れ」

との声に、椅子に戻った。

それから、何杯か呑み、酔ってきたのか、今川に問われるまま答えを返していた。

十二時近くなって、今川とともに店を出た。

高田馬場《たかだのばば》のマンションまで、今川がタクシーで送ってくれた。タクシーの中でも、マンションの近くに着いても、今川の態度はまったく変わらなかった。

タクシーを降りるとき、

「じゃあな」

と、今川は声をかけた。

ちづえは今川が乗ったタクシーが見えなくなるまで見送った。

それから一週間経った。

何か心の中にぽっかり穴が空いたような気がしていた。仕事をしていても、ふと気がつくと心があの男に向かっていた。

彼と別れたあとも、これほどではなかった。

さらに数日後、何かを求めるように銀座の『夜の扉』に行った。

「いらっしゃい」

年配のバーテンダーが迎えてくれた。

「何か、甘い感じのものを」

「わかりました」

扉が開くたびに顔を向けるが、そのたびに溜め息をついた。

「あのひと、来ていますか」

「今川さんですか。いいえ、あれ以来、お見えではありません」

「そう」

十一時近くになっても、今川は現れない。今夜も来ないようだ。酔いのせいもあり、今川が現れないことに、ちづえは腹が立ってきた。

バッグをまさぐり、今川の名刺を取り出した。

スマホを出し、名刺に記された番号に電話する。スマホを耳に当てたまま、椅子から下り、扉に向かう。

呼出し音が鳴っている。廊下に出て、相手が出るのを待った。だが、虚《むな》しく呼び続けるだけだ。

ちづえは腹立たしくなって、電話を切った。胸が詰まり、寂寥感《せきりょうかん》に襲われ、やりきれなくなった。

なぜ、こんな思いになるのか。ちづえが力なく店に戻ろうと扉に向かったとき、階段を上がってくる音がした。

なにげなく顔を向け、ちづえは幻覚を見たと思った。

「なんだ、ぼっとして」

今川だった。

安心したとたん、なぜかしら、胸の奥から込み上げてくるものがあって嗚咽《おえつ》をもらした。

「どうしたんだ？」

今川が驚いたようにきく。

「今、電話を……」

声を絞り出した。

「電話？」

今川はポケットからスマホを取り出した。

「着信に気づかなかった」

今川は舌打ちし、

「さあ、入ろう」

と、声をかけた。


顔はごつく、ゴリラみたいで、自分の好みではなく、眼中にまったくなかったタイプの男だった。

それなのに、しばらく会わないと、落ち着かなくなり、外で今川に似た男性を見かけては胸を切なくした。

知り合って二カ月経った頃、『夜の扉』で呑んで、再びタクシーで送ってもらった。だいぶ呑んで、足がふらついた。

高田馬場のマンションの前に着いてタクシーから降りたがふらふらで、今川も降りて、マンションの部屋まで送ってくれた。

三和土《たたき》に入り、ちづえは部屋に上がった。

「ちょっとお茶でも飲んでいきませんか」

ちづえは酔った勢いで誘った。

「やめておこう」

今川は微笑んで言う。

「どうしてですか」

「俺だって男だ」

「構いません」

「酔っているな」

「酔っていても気は確かです」

「まあ、早く寝ろ。じゃあな」

ドアノブに手をかけた。

「待って、行かないで」

自分でも大胆だと思いながら引き止めた。

今川は困惑したように、

「もうこんな時間だ」

と、諭すように言う。

「もっといっしょにいたいんです」

「…………」

「好きなんです」

ちづえは熱に浮かされたように口走った。

今川は首を横に振り、

「俺はあんたにふさわしい男ではない。四十二だ。結婚もしている。それに……」

と、やんわり拒絶した。

「私は二十六です。それにってなんですか」

「いや、なんでも」

「好きなんです」

ちづえは言ってから涙をぼろぼろと流していた。

3

ちづえは常滑駅から名鉄常滑線で神宮前《じんぐうまえ》に行き、そこで乗り換え、鳴海《なるみ》駅を過ぎ、有《あり》松《まつ》駅に降り立った。

東海道鳴海宿と池鯉鮒《ちりゅう》宿の間に開けた町である。絞り染めの産地で、古い町並みが続いている。

絞《しぼりしよう》商の商家の前にやってきた。木造二階建てで、広い間口に連子格子《れんじごうし》の戸口。店先行灯《あんどん》に、有松絞り染めと書いてある。もうひとつの木看板には「商い中」とあった。

広い間口の商家の間には小さな町家も並んでいる。

なまこ壁の土蔵。豪商の屋敷の前に立った。今川の言葉を思いだす。

「卯建《うだつ》が上がる、の卯建だ」

今川は指差して言った。

「今川さんも卯建が上がったのね」

「そうでもないな」

「だって、会社の社長でしょう」

「会社といっても、アルバイトを入れても十人足らずの規模だからな」

少し自嘲ぎみだったのが印象に残った。

目の前に「有松・鳴海絞会館」が現れた。

今川とここに入ったことを思いだしながら、ちづえは会館に足を向けた。

有松絞りの実演を見ているうちに、ちづえは涙が込み上げてきた。

「どうかなさいましたか」

係の女性が声をかけてきた。四十代と思える丸顔の女性だった。

「だいじょうぶですか」

「すみません」

「あちらで、少しお休みを」

女性は展示室の入口にある椅子を示した。

ちづえは厚意に甘えて椅子に腰を下ろした。

「去年もここに来たんです」

ちづえは口を開いた。

「そうですか」

「ある男性といっしょでした。そのときのことを思いだして急に悲しくなって……」

また、ちづえは涙ぐんだ。

「その男性、どうかなさったのですか」

「はい」

ちづえは俯《うつむ》けていた顔をあげ、

「そのひと、奥さんがいたんです。私は独身でしたが」

「そうですか」

「出会って三年になりますが、去年の十月、はじめてふたりで旅行したのです。知多《ちた》半島に。そのとき、常滑と有松を散策して」

今川がちづえを受け入れてくれたのは、告白して一週間後のことだった。


その日、銀座の『夜の扉』で落ち合ったとき、

「少しは冷静になったか」

と、今川がきいた。

ちづえが告白したことだ。

「あんたなら俺よりふさわしい男がすぐ現れるさ」

「今川さん以外は考えられません」

「俺には妻がいるのだ」

「構いません、愛人でも」

「ばかなことを言うな。ちゃんとした結婚をするんだ。それがあんたにふさわしい」

「もう、だめなんです」

ちづえは吐き出すように口にした。

「私の人生には今川さんが必要なんです、奥様と別れてとは言いません。愛人でいいんです」

ちづえは目尻を濡らした。

「ご両親が嘆く」

「ふたりともいません」

父と母はちづえが三歳のときに離婚し、ちづえは母と暮らした。その母は二年前に病死した。

「私には今川さんしかいません」

「なんで、俺みたいな男に……」

今川は呟《つぶや》く。

「俺はあんたにふさわしい男ではない。俺は……」

何か言いかけたが、そのあとの言葉は続かなかった。

なぜ、今川にこれほどまでに惹かれるのか。自分でも不思議だった。ひょっとしたら、父に似ているのだろうか。記憶にないが、父の面影が脳のどこかに刷り込まれているのだろうか。

沈黙が続いた。

「後悔するぞ」

今川がぽつんと言った。

「それでもいいです」

ちづえははっきりと口にした。

今川の表情に変化がおきた。

その夜から今川はちづえの思いを受け入れてくれた。

今川には付き合っている女が何人かいたようだが、ちづえと深い仲になって、他の女とは手を切っていったようだ。

ちづえは、あるとき、今川の会社をいきなり訪問した。

江戸川区のＪＲ平井駅から少し離れたところにある、古いビルの一階と二階が今川の会社だった。一階には回収してきた品物が置いてあったが、数はそれほど多くはなかった。二階が事務所だった。

「ごめんなさい。いきなり押しかけて」

「いや」

今川は戸惑ったように応じた。

二階の事務所も乱雑で、テーブルの上にスマホがいくつも並んでいた。

パソコンを使っていた男が顔を向けた。

「俺の右腕の高井《たかい》だ」

今川が紹介した。高井秋人《あきと》と言い、四十前の目付きの鋭い男だった。やはり、胸元にタトゥーが見えた。

高井にも事務所の雰囲気にも、ある種のいかがわしさを感じたが、ちづえは深い詮索はしないようにした。

今川と付き合っていた二年半は充足し、仕合わせの絶頂にあったと言っていい。

「その男性は今回はどうなさったのですか」

係の女性がきいた。

「………」

「別れたのね」

「いえ」

ちづえは首を横に振った。

「亡くなったんです」

「亡くなった？」

係の女性はあわてたように、

「ごめんなさい。よけいなことをきいて」

「いえ」

あれは五月十九日のことだった。銀座の『夜の扉』で八時に待ち合わせをした。雨が激しく降っていた。


年配のバーテンダーは、今川とちづえが付き合っていることに気づいていながら知らない振りをしていた。

九時前、スマホに今川から電話が入った。

廊下に出て、電話に出る。

「すまない。仕事でトラブルがあった。もう済んだ、これから出るから」

「はい。待っています」

ちづえは弾んだ声で応じた。

今川の会社は江戸川区平井八丁目にある。そこからだと一時間も掛からず、ここにやってくるはずだ。

しかし、十時を過ぎても今川は現れなかった。

雨は激しく降っている。電車が遅れているのか。それともタクシーに乗ったが、渋滞に巻き込まれたか。

それだったら、電話をくれてもよさそうだが……。

不安が押し寄せた。ちづえは席を立ち、廊下に出た。スマホに電話をかけた。呼び続けているが、今川は出なかった。

その夜、とうとう閉店時間になっても、今川は現れなかった。

翌朝、ちづえは仕事を休んで今川の会社に行った。しかし、シャッターが閉まり、事務所には誰もいないようだった。

時間を潰して一時間後にもう一度訪ねた。やはり、シャッターは閉まったままだった。

三十分ほど、その場に佇《たたず》んでいた。その間にも何度か今川のスマホに電話をしたが、何の反応もなかった。

誰もやって来なかった。諦めて引き上げかけたとき、男がやってくるのが目に入った。

高井秋人だ。

高井はちづえに気づくと、駆け寄ってきた。

「たいへんだ、今川さんが死んだ」

とっさに、その言葉を理解出来なかった。

「今川さん、どうかしたのですか」

「昨夜、車に轢《ひ》かれた。救急車で病院に運ばれたが、だめだった」

ちづえは目の前が真っ暗になり、くずおれそうになった。


「交通事故でした。しかも、轢き逃げだったんです」

ちづえは涙声になった。

「なんと言っていいか」

女性は深刻そうな顔で言う。

「通夜にも葬儀にも参列出来ないのが辛《つら》くて……。葬儀場の外で見送りました」

「そう、辛かったわね」

葬儀会場の入口まで行ったが、中に入ることがためらわれた。今川の妻を裏切っていたという負い目があったし、ちづえの存在を知れば、悲しみに怒りが加わることになる。

やがて出棺になり、今川の右腕である高井らの手で、今川が眠る棺《ひつぎ》が霊柩車《れいきゅうしゃ》に運ばれた。悲しげなクラクションが鳴り響き、ゆっくりと車が出発した。

ちづえは火葬場に向かう車を歩道から見送りながら涙があふれて、思わずしゃがみ込んで慟哭《どうこく》していた。

そのときの悲しみが蘇《よみがえ》ってきた。

「もう半年になります。彼と旅行した場所を訪ねているのです。彼を偲《しの》びながら……。でも、こらえきれずに」

ちづえは涙を拭った。

傍らで聞いていた若い女性も涙ぐんだ。

「ごめんなさい」

ちづえは背筋を伸ばし、

「話を聞いていただいたら、少し落ち着きました」

と、礼を言って立ち上がった。

「これから、どちらへ？」

「彼とは、このあと、桶狭間《おけはざま》古戦場跡に。彼、とても歴史が好きで、私にいろいろ教えてくれました」

「どうぞ、お気をつけて」

ちづえは会館をあとにし、駅に戻った。

中京競馬場前駅《ちゅうきょうけいばじょうまええき》の改札を出た。時間を気にして、腕時計に目をやる。午後二時四十分になるところだった。

ちづえはサングラスをかけ、歩きだした。

五分ほどで着いた。「桶狭間古戦場伝説地」は、住宅街の中の公園にあった。

織田信長《おだのぶなが》が今川義元《いまがわよしもと》を討った場所である。

二万五千人の大軍を率いて尾張《おわり》に侵攻した今川義元の本陣を、わずか二千人の軍で織田信長が奇襲し、義元を討ち取った。

ちづえは石が積まれた墓の前に立った。

立札の説明文には「今川治部大輔《じぶだゆう》義元の墓」と書かれていた。

――駿河《するが》・遠江《とおとうみ》・三河《みかわ》の国主、今川義元は西上の途次、永禄三年（一五六〇）五月十九日に織田信長の奇襲に遭い、ここで倒れた。ここには、その霊が祭られている。

義元の墓の前で、今川は話した。

「義元は名門の子だ。海道一《かいどういち》の弓取りと異名をとったが、貴族文化に造詣が深く、政治家としても優れていた」

今川は同じ姓なので、義元贔屓《びいき》だった。

「殺されたのはいくつだったの？」

　ちづえは墓を見つめながらきいた。

「四十二歳だ」

「まあ。修三さんと同じぐらい」

「数え年だからな。俺は四十四になるが、まあ同い年ぐらいかな」

「いやだわ。早過ぎる」

「信長は奇襲で義元を倒したことからいっきに戦国の雄に躍り出た。その信長も家臣の明智光秀《あけちみつひで》の裏切りによる奇襲であえない最期を遂げるんだ」

　今川は目を細め、

「戦国武将の末路は悲惨だ」

「よかったわ。戦国時代じゃなくて」

「いや、今だって戦国のようなものだ、常に何かと闘っているからな」

　今川は急に厳しい顔になった。

　ちづえは思わず、今川の顔を見つめ直した。

「でも、命までとられることはないでしょう」

　ちづえは懸命に口にした。

「それはそうだが」

今川の顔に暗い翳《かげ》がよぎった。

あのとき、今川は何を考えていたのだろうか。常に何かと闘っている、と厳しい顔で言っていた。

今川が死んだのは、それから約半年後のことだった。

4

十一月九日の朝九時過ぎ、江戸川区平井の不用品回収業『夢の回収本舗』の従業員から「社長が殺されている」という一一〇番通報があった。

所轄の小松川《こまつがわ》中央署刑事課の川嶋《かわしま》巡査部長はいち早く現場に駆けつけた。

一階は回収した品物の保管場所で、テレビや自転車などが乱雑に置かれており、二階が事務所になっていた。

その事務所で、社長の高井秋人が鈍器で頭部を殴打されて、スチール机の脇にうつ伏せで倒れていた。鑑識作業が終わるまで遺体に触れることは出来ないが、血の固まり具合や死後硬直の状態などから死んでからだいぶ経っているように見える。殺されたのは昨夜だと判断した。

事務所内を見回した限りでは荒らされた形跡はなかった。部屋の隅に金庫があるが、扉は閉まったままだ。

やがて、鑑識がやってきたので、川嶋は現場を離れた。

本庁から捜査一課の刑事たちがやってくる前に、一階で従業員の須田大輔《すだだいすけ》から話を聞いた。

「あなたは、この会社の社員ですか」

「そうです。会社といっても、働いているのは私ともうひとり、木山《きやま》という男のふたりだけです」

須田は答えた。三十過ぎで、茶髪だ。

「昨夜、あなたが事務所を引き上げたのは何時ごろですか」

「八時前です」

須田は答えた。

「まだ、高井さんに帰る様子はなかったのですね」

「ええ、来客があると言ってました」

「来客とは？」

川嶋はすぐききかえした。

「たぶん、最近、ときたまやってきているひとだと思います」

「誰ですか」

「吉富《よしとみ》というひとです」

「どういう関係なのでしょう」

「亡くなった前の社長の奥さんの代理人です」

「奥さんの代理人の吉富さんと奥さんはどのような関係なんでしょう?」

川嶋はきく。

「高井さんは、奥さんの愛人ではないかと言ってました。年下ですが」

「愛人ですか」

「ええ。確か、吉富純也《じゅんや》という名だったと思います」

「吉富さんは高井さんにどんな用があったのでしょうか」

「それが……」

須田は言いよどんだ。

「どうしましたか」

「いえ。ようするに金です。亡くなった前の社長の遺産が少なすぎると文句を言いにきていたようです。いつも、吉富と社長は言い争っていました」

「つまり、もめていたのですね」

川嶋は手応えを感じて確かめた。

「吉富さんの連絡先はわかりますか」

「いえ、知りません」

「前の社長はいつ亡くなったのですか」

「五月です」

「病死？」

「いえ、交通事故でした」

須田は俯いて答える。

「その亡くなった社長の名は？」

「今川修三です」

「その社長の奥さんの名は？」

「今川比奈子《ひなこ》さんです」

「高井さんにご家族は？」

「何年か前に離婚して、今は独身です」

本庁から捜査一課強行犯係の捜査員が駆けつけ、鑑識作業のあと現場検証に臨んだ。

高井秋人の死因は頭部殴打による脳挫傷で、死亡推定時刻は昨夜の八時から十時の間。頭頂部と後頭部の二カ所に大きな陥没があった。二度殴られたようだ。最初の一撃で致命傷を負っている。室内に争ったあとはなく、犯人はいきなり襲いかかったものと思われた。また、物取りの犯行とも思えなかった。

その後、強行犯係の田尾《たお》警部補に、川嶋は須田から聞き込んだことを報告した。田尾警部補は厳しい表情で聞いていた。


その後、田尾警部補とともに亡くなった前社長の妻今川比奈子に会いに行った。自宅はJR両国駅から徒歩十分のマンションである。

比奈子は三十半ばぐらい、ショートカットの丸顔の女性だ。

警察の突然の訪問に、比奈子は困惑していた。

警察手帳を見せて名乗ってから、

「今川比奈子さんですね」

と、川嶋は確認をとって続けた。

「江戸川区平井の不用品回収業『夢の回収本舗』の高井秋人さんをご存じですね」

「知っています。何かあったのでしょうか」

比奈子は不審そうにきいた。

「今朝、会社の事務所で遺体で発見されました」

「えっ」

比奈子は目を見開き、

「どうして?」

と、やっとのようにきいた。

「昨夜、何者かに鈍器で頭を殴られたようです」

「まあ」

比奈子は表情を強張《こわば》らせた。演技とは思えない、自然な反応だ。

「誰が殺したのですか」

「まだ、わかりません」

川嶋は首を振った。

「吉富純也さんはあなたとどのような間柄でしょうか」

田尾がいきなりきいた。

「知り合いです」

「どのような?」

「友達です」

「あなたの代理人として、吉富さんは最近頻繁に高井さんに会っていたようですが」

「まさか、純也に疑いが?」

比奈子は顔色を変えた。

「いえ。いろいろ関係している人物を調べているだけです。なぜ、吉富さんはあなたの代理人として高井さんに会っていたのですか」

「……………」

比奈子からすぐ返答はなかった。

「なぜでしょうか」

田尾はもう一度きいた。

「夫の会社の株式の評価額のことで」

「株ですか」

「『夢の回収本舗』は夫が興した会社です。夫は半年前に亡くなりました。そのあと、部下だった高井さんが会社を引き継ぐことに。それで私が相続した夫の遺産から、株式を高井さんに譲ろうとしたのですが、金額のことで話がこじれて。女の私ではばかにされるので、吉富さんを代わりに交渉に」

比奈子は説明した。

「評価額が少ないと？」

「ええ、夫の会社はかなりの利益を上げているはずなんです。なのに、帳簿を見せて、業績が悪いからと安く言ってきたんです。そんなはずはありません。夫は仕事は好調だといつも言ってました。そこそこ遊んでいたのは、会社が順調だったからです」

「帳簿は実態と違うと？」

「そうです。あんなに赤字のはずはありません。それで、私が高井さんに苦情を言うと、なんだかんだと言い訳をして話し合いになりません。それで、代わりに」

「交渉はどうだったのですか」

「うまく行ってません」

比奈子は顔を歪《ゆが》め、

「高井さんがいなくなって、どうなるのかしら」

と、焦ったように言う。

「吉富さんはお仕事は何をされているのですか」

「会社員です」

「自宅は？」

「大森です」

大田区大森南六丁目の大森レジデンス葵《あおい》というマンションに住んでいるという。

「これから吉富さんのところに行くのですか」

「一応、お話を聞かないと」

「今、出かけているかもしれません。電話してみます」

そう言い、比奈子はスマホを取り出した。

すぐに相手が出たらしい。

「知ってる？　高井さんが殺されたんですって。ほんとうよ。今、警察のひとが来ているの」

比奈子は一方的に話している。

「まさか、あなた……。そうよね、わかったわ。これから、刑事さんがあなたのところに行くそうよ。ええ、わかった。あなたが行くのね」

比奈子は電話を中断し、

「吉富さんは今、外出しているそうです。夕方に時間が空くので、彼が伺うそうです。どこに行けばいいのでしょう？」

「電話、代わっていただいてよろしいですか」

田尾と顔を見合わせてから、川嶋は比奈子に声をかける。

「はい」

比奈子はスマホを差し出した。

「お電話代わりました。私は小松川中央署の川嶋と申します。吉富純也さんですか」

「そうです」

緊張した声が聞こえた。

「『夢の回収本舗』の高井秋人さんが殺された件で、参考のために話をお聞きしたいのです。小松川中央署まで御足労願えますか」

「小松川中央署ですね」

「ええ、川嶋をお訪ねください」

「夕方五時までにお伺いします」

吉富は強張った声で応じた。


川嶋と田尾は現場に戻った。

事務所では須田が途方に暮れたように椅子に座っていた。

「何かなくなっているものはありましたか」

田尾が改めて須田にきいた。

「ないと思います」

須田は暗い声で答える。

「金庫の中も？」

「ええ。五十万円ほど入っていましたが、そのままありました」

ずいぶん少ないように思えた。田尾がきく。

「商売のほうは好調のようだったという話ですが？」

「前の社長の奥さんはそう思っているようですけど、前の社長がいたときから売り上げは減ってきていました。帳簿を見てもらえばわかります」

須田は答える。

「帳簿を提出してくださいますか」

「ええ」

須田は約束をした。

田尾がきく。

「吉富純也さんと高井さんの話し合いの様子はどうだったのですか」

「吉富さんは問い詰めていましたが、高井さんはのらりくらりとあしらっているようでした。吉富さんはかなりいきり立っていました」

「高井さんを恨んでいる人間に心当たりはありますか」

「いえ、横柄なひとでしたが、恨んでいるような人間は知りません」

「高井さんの女性関係は？」

「付き合っている女性はいたみたいですが、私は知りません」

「高井さんは離婚しているそうですが、別れた奥さんとは何か問題は？」

「別れて何年も経っているみたいですから、完全に縁が切れているようです」

その後、現場周辺の聞き込みをしていた捜査員から目撃情報が入ってきた。

「近所に住む会社員の男性が昨夜九時過ぎ、『夢の回収本舗』から出てきたフードをかぶったパーカー姿の男とすれ違っていました。暗かったので、顔はわからなかったそうです」

背格好は一七五センチ以上で、がっしりした体格だったという。

「それから、八時前に別の近所の女性が、三十歳ぐらいでがっしりした体格のスーツ姿の男が『夢の回収本舗』に入っていくのを見ていました」

体つきはパーカーの男と似ていた。

夜七時から捜査会議があるということで、川嶋は五時前に署に戻った。本庁の捜査本部長と所轄の課長に吉富の件を報告した。

約束の時間に、吉富が署にやってきた。


川嶋は田尾といっしょに会議室で吉富と会った。

吉富は二十代後半、身長一七二センチの川嶋と同じぐらいの背格好で、がっしりした体型だった。

今までの経緯から、最初は川嶋が切り出した。

「昨夜、あなたは『夢の回収本舗』の高井秋人さんと会いましたか」

「事務所で会いました」

吉富は強張った表情で答える。

「何時ごろでしょうか」

「八時前に事務所に行き、三十分ほどいました」

「どんな用で？」

「今川比奈子さんのご主人が亡くなったあと、『夢の回収本舗』を高井さんが引き継いでいましたが、あの会社は彼女のご主人のものです。だから、利益を今川さんに支払うべきだと要求していたのです」

「高井さんの返事は？」

「『夢の回収本舗』は赤字続きで、利益はないから金は出せないの一点張り。ですが、今川さんの話ではご主人はかなり羽振りがよかったようです。商売は順調だったはずだと。でも、高井さんは帳簿を見せてこんなに赤字だと言うばかりで」

「帳簿を見たのですね」

「ええ。でも、あの帳簿はおかしい。二重帳簿じゃないかと」

「話し合いはずっと平行線だった？」

「そうです」

「昨夜の話し合いも？」

「ええ、まったく聞き入れてくれませんでした」

「これから、どうするつもりだったのですか」

「二重帳簿の件で、問い詰めていこうと思っていました」

吉富は呟くように言う。

「昨夜も激しく言い合いになったのでは？」

川嶋は探りを入れる。

「ええ、まあ」

吉富は警戒ぎみに頷く。

「あなたの仕事は？」

捜査一課の田尾警部補が口を開いた。

「派遣社員です」

「今はどこの会社に派遣されているのですか」

「今はまだ」

「まだというのは？」

「今までの派遣先との契約が九月末に終了し、今はまだ次の派遣先が決まっていないんです」

「十月以降は働いていなかったのですか」

「ええ」

「どうしてですか」

「条件が合わなくて」

「条件とは収入面ですね」

「……はい」

「今は収入がない状態なんですね」

「貯《たくわ》えが少しあるので」

「遊んで暮らせるほどですか」

「いえ、そうじゃありませんけど」

吉富は困惑ぎみに言う。

川嶋は捜査一課の田尾警部補は吉富を完全に疑っていると思った。思い込みはまずいと注意したいところだが、自分より若いとはいえ本庁の警部補に口出しは出来なかった。

「今川比奈子さんから頼まれて高井さんとの交渉をはじめたのですね」

「そうです」

「あなたと今川比奈子さんとの関係は？」

「友達です」

「どの程度の友達なのですか。代理人を務めるぐらいですから、かなり親しい間柄ではないかと思うのですが」

「お金で」

「謝礼をもらうつもりで？」

「ええ」

「いくらぐらい？」

「たいした金ではありません」

「たいした金でなくとも成功報酬は約束されていたのですね」

「ええ、まあ」

吉富は曖昧に答える。

「つまり、高井さんから金を引き出せなかったら、あなたはただ働きになってしまうわけですね」

「そうですが」

「あなたはかなり強引に高井さんに迫ったのではないですか」

「高井さんはしたたかでしたから、私の話をいつものらりくらりとかわして」

吉富の声が小さくなった。

吉富も自分が疑われていると察したようだった。

「さっきは二重帳簿じゃないかと言ってましたが、そのことで相手に強く出たのではありませんか」

田尾は吉富の反応を窺《うかが》うように身を乗り出してきいた。

「いえ、違います」

「たとえば、税務署に訴えてやるとか」

「そんなことは言っていません」

吉富はむきになって否定する。

「昨夜、引き上げたのは何時ごろですか」

「八時半にはなっていなかったと思います」

吉富は不安そうに答える。

「その後、どこに行きましたか」

「どこにも。まっすぐ大森のマンションに帰りました」

「マンションに帰り着いたのは何時ごろですか」

「九時半ごろだったと思います」

「そのとき、誰かに会いましたか」

「いえ」

「住人と顔を合わせましたか」

「いえ、会っていません」

「他に、九時半にマンションに帰ったことを証明してくれるひとは？」

「いません」

そう言ったあとで、

「マンションに帰ったあと、今川比奈子さんに電話をしました。交渉の結果を報告するために。十時ちょっと前です」

と、吉富は訴えた。

「それは自宅の電話からですか」

「いえ、スマホです」

「スマホだとどこからでも電話が出来ますね」

吉富はいたたまれないように、

「私を疑っているのですか」

と、反発した。

「関係者全員に確認をとっていることです。吉富さんがどうのこうのというわけではありません」

田尾は冷静に言う。

「でも、なんだか、疑われているようで……。引き上げたあと、もう一度事務所に戻ったと考えているなら、とんだ見当違いです」

吉富は抗議をした。

「もう一度事務所に戻ったと、どうしてそのようにお考えになられたのですか」

田尾は揚げ足をとるようにきいた。

「だって、高井さんが殺されたのは私が引き上げたあとでしょう。だったら、私が引き返さない限り、殺せないじゃありませんか」

「殺してから引き上げたかもしれませんね」

田尾は鋭く言う。

「冗談じゃない。いくら高井さんと言い合いになったからといって、殺すわけないじゃないですか。高井さんがいなくなって困るのは私たちなんです」

「思わずカッとなって、ということも考えられなくはありません」

田尾は吉富をわざと興奮させるように仕向けている。

「事情をききたいというから、わざわざ出向いてきたのです。これじゃ、まるで取調べじゃありませんか」

吉富は不満を口にした。

「お気を悪くしないでください」

川嶋は穏やかな声で、

「きょうはこれで。ご協力をありがとうございました。またお話を伺わせてください」

と、切り上げようとした。

だが、吉富はむきになって、

「私は殺してなんていません」

と、訴えた。

「さきほども言いましたが、関係者全員に同じようにお訊《たず》ねしているのです」

川嶋はなだめた。

「いいですか。高井という男は元半グレなんです。むささび連合という半グレ集団のメンバーだったんです。あの会社は半グレの連中が働いていたんです」

「比奈子さんのご亭主の今川修三さんが興した会社だということですが？」

「そうです。彼女のご主人も元は半グレです。その当時、オレオレ詐欺などをしていたそうです。それで得た金を元手に、あの会社を立ち上げたんですよ」

吉富は興奮して、

「昔の仲間ともめていたんじゃないですか。もっとその方面を調べてくださいよ」

と、訴えた。

「もちろん、調べます」

川嶋は答えた。

「もういいですか。帰ります」

吉富は立ち上がった。

もう少し話を聞きたかったが、無駄のようだった。

「また、改めてお話を聞かせていただくかもしれません」

吉富は答えず、部屋を出ていった。

川嶋は玄関まで見送って、会議室に戻った。

田尾は難しい顔で、

「どう思います？」

と、感想を求めてきた。

「まだ、なんとも」

川嶋は慎重に答えた。

「吉富は最初から怯《おび》えていましたね。自分が疑われることがわかっていたようです」

田尾は口元を歪めて言う。

「ええ。だから、様子を探る意味で、自らここにやってきたのでしょう」

「吉富と今川比奈子は単なる友人ではないでしょう。動機は十分です。フードをかぶったパーカー姿の男と背格好が似ています。事務所を引き上げたあと、どこかで持っていたパーカーを着て事務所に戻ったか、犯行後にパーカーを着て逃亡したか」

田尾は口にする。

「極めて、疑わしい存在です。しかし、今の段階で決めつけるのはいかがでしょうか」

川嶋は反論した。

高井秋人や亡くなった前の社長の今川修三が半グレだったということが気になった。今川修三が五月に管内で交通事故死をしているというので、交通課に問い合わせたところ、轢き逃げで、いまだに犯人がわかっていないということだった。改めて今回の殺人事件との関連が問題になった。

交通課の実況見分調書によると、五月十九日の午後九時十二分、京葉道路の平井南九丁目交差点にて信号無視のワゴン車が青信号で横断中の今川修三を撥《は》ねて、そのまま逃走した。

今川修三は意識不明で病院に運ばれたが、死亡が確認された。

ワゴン車は盗難車だった。

捜査会議において、吉富純也とともに、今川修三と高井秋人について調べることになった。

事件から三日後、田尾と川嶋は改めて今川比奈子に会った。

「あなたのご主人の今川修三さんは今年の五月に轢き逃げに遭ってお亡くなりになったそうですね」

田尾が切り出す。

「はい。突然のことでした」

比奈子は険しい顔で、

「轢き逃げの犯人はまだ捕まっていないんです。ちゃんと捜査してくれているのでしょうか……」

と、警察の怠慢を責めるように言う。

「失礼ですが、今川さんは誰かから恨まれるようなことはありませんでしたか」

「いえ。強面《こわもて》のいかつい人間でしたけど、ひとから恨まれるようなことはなかったはずです。でも、なぜ、主人のことを？　轢き逃げじゃなくて、殺されたかもしれないのですか」

比奈子は先走った。

「いえ、そういうわけではありません。ただ、念のために、今回の高井さんが殺された件との関連性を調べているのです。あくまでも念のためです」

田尾は断ってから、

「今川さんとご結婚なさったのはいつでしょうか」

「十年前です」

「どこでお知り合いに？」

「金融会社です」

「金融会社？」

「サラ金です。私もそこで事務をしていました」

比奈子は答えて、

「こんなことが必要なんですか」

と、不審そうにきいた。

「あくまでも参考のためにお聞きしたいのです」

田尾は相手の反論を封じ込めるように言い、

「で、『夢の回収本舗』をはじめたのは？」

「結婚して五年後です。独立して会社を興したんです」

「五年前ですね。そのとき、高井さんもいっしょだったのですか」

「そうです。昔の仲間だった高井さんに声をかけて」

「昔の仲間というのは？」

「若い頃は暴走族に入っていたそうです。そのときの仲間です」

「今川さんや高井さんは昔の仲間と付き合いはあったのですか」

「さあ、わかりません」

「…………」

「吉富純也さんは今川さんは半グレだったと言ってましたが？」

「どうなんですか」

「そうです。でも、今は半グレの仲間とは縁を切り、ちゃんとした仕事をしていました」

比奈子はむきになって言った。

「半グレのとき、今川さんはどんなことをしていたか、わかりませんか」

「いえ。知りません」

比奈子は即座に否定した。

「高井さんが誰かから恨みを買っているという話を聞いたことはありますか」

「いえ、聞いたことはありません」

「そうですか。わかりました」

田尾が話を切り上げ、マンションをあとにした。

それから、『夢の回収本舗』を訪れ、須田と会った。

「あなたが、この会社に入ったのはいつですか」

田尾が切り出す。

「三年前です」

「どういう縁で？」

「高井さんに誘われて」

「高井さんとは以前から知り合いだったのですか」

「ええ」

須田は頷く。

「どういう知り合いですか」

「中学の先輩でした」

「中学はどこですか」

「足立区です」

「前社長の今川さんと高井さんは昔は暴走族のメンバーだったそうですね。あなたも？」

「そうです。暴走族から足を洗おうとしていたときに、高井さんからいっしょに働かないかと誘われたのです」

「会社ではどんな仕事を？」

「主に廃品の回収のために小型トラックに乗っています」

須田は答える。

「最近、仕事はどうだったのですか」

「新しい業者が増えて、あまり品物が入らなくなっていました。うちより安く不用品を回収する業者も増えて……」

須田は顔をしかめ、

「高井さんは、吉富さんから売り上げの件で責められていることもあって、もう潮時かもしれないと言ってました」

と、口にした。


捜査は進んだ。事件当夜の八時前、駅のコインロッカーに荷物を入れている吉富らしい男が目撃されていた。さらに、商店街の防犯カメラに手ぶらで歩く吉富の姿が映っていた。そして、その四十分後、戻ってくる吉富が確認された。

問題はこのあとだ。その十分後、今度はフードをかぶったパーカー姿の男が防犯カメラに映り、九時半ごろパーカー姿の男が戻ってきた。

このことが何を意味するか。さらに決定的だったのは、吉富純也の大森のマンションの近くにある公園の植込みから、血痕が付着したハンマーが見つかったことだ。DNA鑑定の結果、血痕が高井秋人のものだと判明した。凶器として使われたハンマーが吉富純也のマンションの近くから発見されたことで、吉富に対する疑惑がさらに深まった。

その公園のベンチで、吉富はよく休んでいたのを目撃されている。

そして、事件当日の午後四時ごろ。大柄な男が錦糸町《きんしちょう》のホームセンターでハンマーを購入しており、凶器に使われたハンマーがその店で売られたものだとわかった。

男は野球帽を目深にかぶり、マスクをしていたので、販売員は顔をはっきり見たわけではないが、背格好は吉富に似ていた。

事件発生から七日後の十一月十五日。警察は高井秋人殺害容疑で、吉富純也二十八歳を逮捕した。

小松川中央署に到着した吉富は手錠を外され、川嶋の前に腰を下ろした。

川嶋は改めて名前と住所などを確認し、青ざめた顔の吉富にきいた。

「あなたは、高井秋人をハンマーで殴打して殺したという疑いで逮捕されたのですが、このことについて何か弁解することはありますか」

「違います。私はやっていません」

吉富は訴えた。

「わかりました」

逮捕状の被疑事実を確認し、「弁解録取書」を作成した。

「もし弁護人をつけたければ自分でつけられます。頼みたいなら警察から連絡することも出来ますが」

川嶋は事務的ではなく吉富に寄り添うようにきいた。

「今は何も考えられません」

「そうですか。考えがまとまったら知らせてください」

それから弁解録取書に署名指印をさせた。

その後、吉富は十指すべての指紋をとられ、顔写真を撮られ、留置係に引き渡された。身体検査のあと、所持品を預け、ズボンのベルトも抜きとられて留置場に入れられるのだ。

川嶋は吉富を見送ったあと、大きく溜め息をついた。

その後改めて、吉富は留置場から出され、取調室に連れてこられた。

吉富の取調べには田尾が当たった。

川嶋は隣の部屋から取調べの様子を窺った。

「あなたには黙秘権があり……」

型通りに被疑者の権利を告げて、田尾は尋問をはじめた。

「あなたは、『夢の回収本舗』の高井秋人をハンマーで殴って殺害した容疑で逮捕されたのだが、このことについて何か言いたいことはありますか」

「私は殺していません」

吉富は声を震わせて言った。

「十一月八日の夜、あなたは江戸川区平井にある不用品回収業『夢の回収本舗』の事務所に行きましたね。何しに行ったのですか」

「高井さんに会うためです」

「何のために？」

「前の社長の奥さんに会社の利益を……」

吉富は青ざめた顔で答えている。

川嶋はマジックミラー越しに見ていた。

「話し合いはどうだったのですか」

田尾は穏やかにきく。

「前々から何度か交渉をしているのですが、相変わらず、赤字だと言うだけで、話になりませんでした」

「では、高井さんとは何度か会っているんですね」

「そうです」

「赤字だと繰り返す高井さんに対してあなたは何と？」

「前の社長はロレックスの腕時計を身につけていたり、高井さんもブランド物のバッグを持っていたり、その上銀座に呑みに行ったりしていることを持ちだして、赤字というのは嘘ではないかと迫りました。でも、帳簿を見てもらえればわかると言うだけ。ブランド物も、もともとあった貯金を下ろして買っていただけと言い訳していましたが、会社が赤字なら貯えが少しあったとしてもそんな贅沢《ぜいたく》は出来ないはずです。そのことを言うと、ただ笑っているだけでした」

「あなたはどうしましたか」

「仕方なく引き上げるしかありませんでした。これ以上、迫ってもだめかもしれない、もう諦めるしかないと思いました。それで、その日もなんの成果もなく引き上げました」

吉富はやりきれないように口にした。

「それから？」

「大森のマンションに帰りました」

「平井駅の改札を出たとき、あなたは荷物を持っていましたね」

「ええ」

「それをどうしましたか」

「駅のコインロッカーに預けて高井さんのところに向かいました」

「なぜです？」

「荷物を持って訪問しないほうがいいと思ったからです」

「荷物は何だったのですか」

「着替えです」

「なぜ、着替えを？」

「たまたまです」

「フードつきパーカーにハンマーだったのでは？」

田尾は詰め寄った。

「えっ？」

吉富は驚いたような顔をした。

「駅に戻ったあんたはコインロッカーから荷物を取り出し、トイレで着替え、それから再び『夢の回収本舗』の事務所に向かった」

田尾は「あんた」と呼び方を変えた。

「でたらめだ」

吉富は叫んだ。

「あんたにそっくりなフードをかぶったパーカー姿の男が防犯カメラに映っていたんだ。あんたが駅に戻って十分後のことだ」

「違う。俺じゃない」

吉富も「私」から「俺」に変わった。

「あんたは、いったん引き上げた事務所に戻り、高井秋人をハンマーで殴って殺し、どこかで着替えて大森に帰ったんだ」

「なんでそんないい加減なことを」

吉富は顔を紅潮させた。

「凶器のハンマーがあんたのマンションの近くにある公園の植込みから見つかったんだ。

あんたが捨てたんだろう」

田尾は決めつけた。

「違う。俺はハンマーなんか知らない」

「事件当日、錦糸町のホームセンターでハンマーを購入したはずだ」

「俺はそんなところに行っていない」

「そのハンマーには高井秋人の血が付着していたんだ」

「誰かが、俺に罪をなすりつけるために」

吉富は必死に訴えた。

「誰が、そんなことをするというんだ?」

「事務所のもうひとりの男だ。須田とか言った……」

田尾は吉富の声を制し、

「あの夜、須田は事務所を出たあと、小岩《こいわ》の行きつけのスナックに顔を出していた。アリバイがある」

「…………」

吉富は言葉を失っている。

「吉富。もう証拠は挙がっているんだ。素直に話したらどうだ?」

「あの夜、俺は高井さんと別れたあと、彼女の部屋に行ったんだ。そのための着替えを持って。パーカーやハンマーなんかじゃありません」

　吉富が叫んだ。

「事件の翌日に話を聞いたとき、大森のマンションに帰ったと言っていたじゃないか。そこから、今川比奈子に電話を入れたと」

　田尾が矛盾を突いた。

「関係がばれるのがいやであんな言い方をしただけだ。ほんとうはあのあと両国の彼女の部屋に行ったんだ」

　川嶋は必死に訴える吉富の表情を見つめながら考えた。

　もし、吉富の言うことがほんとうだったら、あの夜、吉富は今川比奈子に会ったということだ。

　殺していたら、今川比奈子も何か異変に気づくか、その前に吉富は殺したことを彼女に打ち明けるだろう。

　しかし、今川比奈子は高井秋人が殺されたことを知らなかった。あの驚きは演技とは思えなかった。

　吉富は高井を殺したあとに今川比奈子に会っても、殺人のことは黙っていたということなのだろうか。

第二章　愛人の正体

1

十一月十七日。激しい雨が窓ガラスに打ち付けている。窓からはヘッドライトの明かりが連なっているのが見えた。信号が変わって車が動き出した。

鶴見京介は柏田四郎法律事務所の自分の執務室の窓辺に立っていた。事務所は虎ノ門のビルの四階にある。

つい今し方、引き上げた所長の柏田が傘を差してビルから出て行った。

虎ノ門の駅に向かう柏田の姿を目で追いながら、京介は今朝、今川比奈子から吉富純也の弁護の依頼をされたときのことを思いだしていた。

比奈子は、知人から京介を勧められたと言い、事務所に訪ねてきた。知人は、冤罪事件を解決した際に新聞に鶴見京介の名前が載ったのを記憶していたという。

「私の知人の吉富純也が殺人の疑いで、一昨日逮捕されました。でも、彼はやっていません」

比奈子は事件の概要を語り、

「事件の夜九時過ぎには、彼は両国にある私のマンションの部屋にいたんです。高井さんが殺されたのはその頃です。でも、警察は私の話を信じてくれません」

取調べがはじまる前に被疑者の権利や取調べを受ける際の注意を与えておかねばならなかったが、すでに逮捕から、二日経っていた。

「わかりました。お引き受けいたします。さっそく、接見に行ってきます」

京介はすぐに小松川中央署の刑事課に電話を入れて、

「そちらに吉富純也という男性が逮捕・勾留されていますか」

と確認をとってから、事務所を出た。

小松川中央署に赴いたが、すでに身柄が地検に送致されていた。逮捕後四十八時間以内に警察は検察官に事件を引き継ぐ。

吉富純也が小松川中央署に戻ってきたのは夕方だった。

その頃から、雨はさらに激しくなっていた。

柏田の姿が視界から消えて、京介は執務机に戻った。

午後七時になるところだった。

京介は吉富純也と接見したときのことを振り返った。

吉富は二十八歳、がっしりした体格だが、顔は小さく、色白だった。

取調べでは激しく責められているが、否認し続けていると吉富は言った。

「やっていないことは、あくまでもやっていないと主張してください」

京介は頷きながら言い、

「警察があなたを疑う点はどんなことですか」

と、きいた。

「事件の夜、『夢の回収本舗』の事務所で、高井さんに会ったのはほんとうです。八時前に訪れ、八時半には引き上げました。でも、警察は、私がそのあとでコインロッカーに預けてあった荷物を取り出し、フードつきパーカーを着て、ハンマーを持って事務所に引き返したと言うんです」

「その根拠はなんでしょうか」

「九時過ぎに、事務所から出てきたフードをかぶったパーカーの男が目撃されていたそうです。その男は商店街の防犯カメラにも映っていて、私と背格好が似ていると」

「あなたの姿もその防犯カメラには映っていたのですね」

「そうです。駅から事務所に向かうところも逆に帰ってくるところも映っていたそうです。そのあとで、パーカーの男が事務所に向かう姿が……」

吉富は息苦しそうに間を置き、

「私は彼女の家に泊まるので着替えをバッグに入れて持っていました。そのバッグを駅のコインロッカーに預けて高井さんに会いに行ったんです。警察はそのバッグにパーカーとハンマーが入っていたと決めつけているんです」

「しかし、それだけでは、あなたとパーカーの男が同一人物だと決めつけるには無理がありそうですね」

京介が言うと、吉富は表情を強張らせ、

「私の住んでいる大森のマンションのそばにある公園の植込みから、血のついたハンマーが見つかり、その血痕は高井さんのものだったというのです」

「凶器がそんな場所から見つかったのですか」

京介は首を傾げた。

「犯人が、わざわざ自分の住いの近くに捨てるはずないじゃないですか。それなのに、警察は捨て場所に困って私が止むなくあの場所に捨てたのだろうって」

「あなたを犯人に仕立てたい人間が、いるのでしょうか」

京介はきいた。

「高井さんも前の社長も半グレなんです」

「半グレですか」

「ふたりともタトゥーを入れています。今は堅気になったと言いますが、昔の仲間がたくさんいるはずです。何かトラブルを抱えていたかもしれません」

吉富は口にした。


雨音がまだ聞こえる。京介は立ち上がって、また窓辺に寄った。

窓ガラスを打ち付ける雨足はいくぶん衰えたような気がする。水しぶきを上げて、車が疾走していく。

吉富から話を聞いただけでの判断になるが、高井秋人を殺したのはパーカーを着た男だろう。

吉富にとって不幸な偶然が重なったのだ。

まず、吉富とパーカーの男の背格好が似ていたこと。次に、吉富が事務所から引き上げたあとに、パーカーの男が事務所に向かったことだ。そして、吉富は荷物をコインロッカーに預けたことから、その中にパーカーと凶器のハンマーが入っていたという可能性を引き出させてしまった。

そして、その推測を補強したのが、吉富のマンションのそばにある公園の植込みから、凶器が見つかったことだ。

真犯人が捨てたのが、たまたま吉富のマンションのそばだったというわけではないだろう。そこまでの偶然は考えられない。

真犯人はわざと吉富のマンションのそばに置いた。そうとしか考えられない。

吉富に疑いを向けさせるためだ。

最初から、そのつもりだったのか。つまり、真犯人は吉富が高井を訪れることを知っていて、そのことを利用して犯行に及んだ……。

京介はこの考えがすんなり気持ちに入り込まなかった。最初から吉富を犯人に仕立てあげるつもりにしては、作為が見られないように思えるのだ。

道路にだいぶ水たまりが出来ている。

吉富を犯人に仕立てようとした人間がいたとしたら、その人物は吉富の行動をすべて摑んでいたことになる。

十一月八日の夜八時に吉富が高井を訪ねることを知っていなければならない。そして、吉富が引き上げたあとに、わざと防犯カメラにパーカー姿を映して高井を襲撃に行く。

しかし、この場合、吉富がコインロッカーに荷物を預けていなかったら、どうなっただろうか。

あらかじめ、吉富がパーカーと凶器のハンマーをどこかに隠していたと思わせるためには、その隠し場所が特定出来なければ、吉富に疑いを向けさせることは難しい。

吉富が荷物をコインロッカーに預けることまで、真犯人は知らなかったはずだ。だとしたら、あらかじめどこかに隠し場所を用意しておくべきだ。

それとも、用意してあったのか。事務所を引き上げた吉富が、その隠し場所からパーカーとハンマーを取り出して事務所に戻るというシナリオを考えていたのか。

だが、吉富がたまたまコインロッカーを使ったために、警察はその隠し場所を一方的にコインロッカーと決めつけた……。

いずれにしろ、吉富をはめた人間がいるのだ。


翌十八日は朝から青空が覗《のぞ》いていた。

京介はJR平井駅を出て、『夢の回収本舗』に行った。

電話をしてあったので、須田大輔という従業員が待っていた。細身の男で、首筋にタトゥーが見えた。

一階はテレビや洗濯機などの不用品が手つかずにそのまま残っており、二階の事務所も乱雑なままだった。

「まだ、何もしていないんです」

須田が困惑したように言い、

「高井さんがいなくなって、どうしたらいいのか」

と、苦笑した。

京介は吉富純也の弁護人だと改めて名乗り、

「お話をお聞かせください」

と、申し入れた。

「どうぞ、そちらに」

須田は椅子を勧めた。

「失礼します」

京介は腰を下ろし、

「あなたは、ここは長いのですか」

と、切り出した。

「三年です。高井さんに誘われて」

須田は答える。

「あなたは吉富さんが高井さんを殺したと思っているのですか」

「そうじゃないんですか。警察が逮捕したのですから」

須田はあっさり言う。

「どうして、高井さんを殺さなければならなかったのでしょう?」

「前の社長の奥さんが、この会社が儲《もう》かっていると思い込んでいたんです」

「儲かっていなかったんですか」

「ええ、いつも赤字でした。いつか好転すると思っていましたけど、高井さんがいなくなった今はもう終わりです」

「会社を畳むと？」

「ええ。そうするしかないでしょう」

「あなたが残務整理を？」

「ええ、高井さんのためです。高井さんに誘われてここで働くようになったのですから。高井さんがあんなことになって、このままここを放り出して逃げるわけにはいかないと」

　須田は溜め息をつき、

「せっかく、前の社長の今川さんや高井さんが一生懸命にやっていた会社ですから、出来ることなら、続けたいと思っています。でも、前の社長の奥さんの剣幕ではすんなり行かないでしょうからね」

「ところで、事件の夜のことですが」

　京介は本題に入った。

「あなたは吉富純也さんが高井さんに会いにくることを知っていたのですか」

「帰るときに知りました。まだ帰らないのですかときいたら、例の男がまたやってくるからと顔をしかめていたのです。名前は言いませんでしたが、例の男が吉富純也さんだとすぐわかりました」

「あなたは、先に事務所を出たのですね」

「そうです」

「吉富さんと高井さんがふたりきりで会うことは気にはならなかったのですか。もめた末に何かあるのではないかとか」

「いえ。そんなことは考えもしませんでした」

「なぜ、ですか」

「会社は赤字なのですから、いくら吉富さんが粘ろうが、出すお金がないことは明らかなんです。吉富さんもいずれ納得するだろうと思っていましたから」

「あなたは事務所を引き上げてどうしたのですか」

京介はきく。

「小岩に行きつけのスナックがあるので、そこに行きました。入ったのが八時ごろ、十二時近くまでいましたよ」

「いつも、会社からまっすぐそのスナックに行くのですか」

「そうですね」

「そのスナックにいるときに、高井さんは殺されたのですね」

「ええ。まさか、あんなことになっていたとは……」

須田はしんみり言う。

「あなたは吉富さんが高井さんを殺すなどとは夢にも思っていなかったのですよね」

京介は再度、確かめるようにきいた。

「ええ、想像さえしていませんでした。だから、次の日の朝、事務所で高井さんが倒れているのを見て目を疑いました」

須田は表情を暗くした。

「何があったのだと思いましたか」

京介はさりげなくきいた。

「まったくわかりませんでした。ただ、吉富さんと会ったあと、何者かがやってきて、殺したのかと」

「事務所は荒らされていなかったのですね」

「ええ、物取りじゃないです。金庫の中も無事でしたから。といっても、現金が五十万しかありませんでしたけど」

「なるほど」

京介は頷き、

「ところで、前の社長の今川修三さんは交通事故で亡くなられているそうですね。それも轢き逃げだったとか」

「そうです。高井さんといっしょに事務所を出て、横断歩道を渡っているとき、赤信号を無視して突っ込んできた車に撥ねられたそうです」

「轢き逃げ犯はいまだに捕まっていないのですね」

「ええ。なんでも、盗難車だったそうです」

須田はやりきれないように言う。

「今川さんはどこに行くところだったのですか」

「タクシーを拾うために国道に出たそうです。あの日は強い雨が降っていました」

「あなたは、その夜は先に引き上げたのですか」

「じつは……」

須田は言いよどんだ。

「何か」

「その夜も、私は小岩のスナックに行っていたんです」

「そうですか」

「今川さんも高井さんも、私がスナックにいるときに……」

「そうでしたか」

「ふたりともですから、私もちょっと気がとがめて」

「頻繁にスナックに行っているようですから、確率からいってそうなることも不思議ではないでしょう」

京介はなぐさめるように言う。

「ええ、まあ」

須田は俯いた。

「ひとつ気になるのですが、半年の間で、ふたりが亡くなっていますね。今川社長の轢き逃げと、高井さんの件、何か関係があるということは考えられませんか」

「関係？」

須田の顔色が変わった。

「どういうことですか。ふたりを殺したのは同じ人間だと？」

「思いつきできいただけですが、そういうことは考えられませんか」

「今川社長を轢いた犯人は見つかっていませんが、警察の調べではただの轢き逃げ事件ということになっています。今川社長を殺そうとする人間がいるとは思えません」

京介はほんとうに思いつきできいたのだが、ブーメランのように刃《やいば》が自分に返ってくることに気づいた。

同じ人間がふたりを殺したとしたら、吉富にはまさに今川修三を殺す動機があるのだ。

今川修三の妻比奈子は吉富と不倫関係にある。比奈子が吉富に夫修三の殺害を依頼するということも考えられなくはない。

「今川さんも高井さんもひとから恨まれるようなことはなかったのですね」

京介は確かめる。

「ええ、ありません」

京介はきいた。

「今川さんも高井さんも若い頃は暴走族のメンバーだったそうですね。あなたも？」

「そうです、むささび連合という組織のメンバーでした」

「むささび連合ですか」

「まあ、半グレですよ。でも、今は解散しています」

須田は正直に口にした。

「私も高井さんから、堅気になれと言われ、この会社に入ったんです」

「その半グレ当時の仲間と何かトラブルがあったことは？」

「ないと思います。それに、半グレの仲間だったら、轢き逃げなどに偽装せず、数人で襲いかかって殺し、死体を海に投げ込むんじゃないですか。昔、そんな話を聞いたことがありますよ」

須田は微《かす》かに口元を歪めた。

「あなたは、今川さんは偶然轢き逃げに遭ったと思っているのですね」

もう一度、念を押してきいた。

「ええ、そう思っています。でも」

「でも？」

京介はきいた。

「今の弁護士さんのお話を聞いて、ちょっと気になったことが……」

「なんでしょう？」

「今川社長には付き合っている女がいました」

「愛人ですか」

「そうです」

須田は頷いて、

「奥さんにも愛人がいて、社長のところはうまく行っていなかったようなので、もしかしたらと思いまして」

京介は戸惑った。

今川修三と比奈子の夫婦仲が悪いということは、比奈子にも修三を殺す動機があると考えられるかもしれない。

「その人の名前をご存じですか」

「いえ、知りませんが、スレンダーな美人でした」

「会ったことはあるのですか」

「一度、事務所で」

「ここで？」

「夜、忘れ物に気づいて事務所に取りに行ったんです。そしたら、社長と若い女がいて。だから、急いで忘れ物を取って挨拶もそこそこに帰ったことがありました」

「そのことで、今川社長は何か言ってましたか」

「いえ、何も。だから、何ごともなかったようにしていました」

「そのことを、高井さんには話したのですか」

「話しました。そしたら、あんないかつい顔なのに、案外と女にモテるんだと、笑っていました」

「わかりました」

京介は話を切り上げかけたが、

「念のために、小岩のスナックの名を教えていただけますか」

と、口にした。

「なぜですか。まさか、私のアリバイを？」

「それはすでに警察が調べているでしょう。ただ、知っておきたいだけです」

「…………」

「困るなら結構です」

「いや、困るわけじゃないですけど」

須田は渋ったが、

「『ハーフ&ハーフ』です」

「『ハーフ&ハーフ』ですか」

京介は記憶した。

礼を言い、事務所を辞去した。

外に出て、京介は今川比奈子に電話をした。

2

平井駅から総武線に乗り、両国駅で降りた。平井から両国は十分もかからない。

改札を出て、京葉道路を横断し、回向院《えこういん》裏手にある今川修三と比奈子が住んでいたマンションを訪れた。七階の部屋から隅田川が見下ろせた。

六畳のリビングで、テーブルをはさんで向かい合った。

「吉富さんに会ってきました。頑張るからと伝えてくれと」

「元気そうですか」

「ええ、しっかりしています。あなたのことを気づかっていましたから」

「そうですか」

比奈子は俯いた。

「ちょっとお訊ねしたいのですが」

京介は切り出す。

「はい」

「ご主人のことです」

「………」

比奈子は不審そうな顔をした。

「ご主人は轢き逃げに遭ってお亡くなりになったそうですね」

「ええ、突然のことで驚きました」

比奈子は思いだすように目を細めた。

「あなたは、事故のことをどうやって知ったのですか」

「あれは激しく雨の降っている日でした。今年の五月十九日です。夜十時ごろ、高井さんから電話が入って、社長が車に轢かれて病院に運ばれたと言ってきたんです。すぐに、病院に駆けつけたのですが、すでに息を引き取って……」

比奈子は溜め息をついた。

「高井さんといっしょに京葉道路を横断しようとして、撥ねられたということですが？」

京介は確かめる。

「そうです。車はそのまま逃げていったんです。高井さんが車のナンバーを覚えていたので、警察はすぐに手配をしました。江戸川の土手下で車が見つかりましたが、盗難車だったそうで、運転していた人間もわからないままでした」

比奈子は淡々と話した。

「ご主人は高井さんといっしょにどこかに行くところだったのですか」

「目的の場所は別ですが、ふたりとも銀座に向かうところだったそうです。それで、タクシーを拾うために国道に出たそうです」

「雨なのにですか」

京介は首を傾げた。雨の日にタクシーがすぐ見つかるだろうか。道路の渋滞も考えられる。かえって、電車のほうが確実ではないか。

いや。雨だからこそ、タクシーで行こうとしたのか。

「ご主人は銀座に行こうとしたのですね」

「高井さんはそう言ってました」

「銀座というのはクラブでしょうか」

「高井さんはクラブですが、主人はわかりません」

「失礼なことをお訊ねしますが、ご主人には付き合っている女性がいたという話を聞いたのですが」

京介は切り出した。

比奈子は眉根を寄せ、口にした。

「いました」

「相手の女性が誰だかご存じですか」

「いえ」

「いつから知っていたのですか」

「去年の十月です。私の学生時代からの友人が教えてくれたのです」

「ご友人はどうしてそのことを知ったのでしょうか」

「旅行先で、偶然に主人が若い女といっしょにいるのを見たそうです」

「その友人の名前を教えてもらえますか」

京介が言うと、比奈子は不思議そうな顔をして、

「そのことが何か」

と、口にした。

「この半年間で、『夢の回収本舗』の今川社長と高井さんが異常な亡くなり方をしていることが気になるのです」

「主人は殺されたと？」

比奈子は目を見開いた。

「いえ、根拠があるわけではありません。ただ、轢き逃げで、犯人はわからないまま。そして、今回の高井さん殺しも同じです。警察は吉富さんを逮捕しましたが、吉富さんは犯人ではない。しかし、他に怪しい人間が見当たらないのです」

「……………」

比奈子は押し黙った。

「あなたが、吉富さんと付き合いだしたのはいつからですか」

「今年になってからです」

「ご主人に愛人がいるらしいとわかってからですね」

「ええ」

「ひょっとして、ご主人へのあてつけの意味もあってのことですか」

「そうかもしれません。主人とは数年前からしっくりしない関係が続いていたんです。その頃から、吉富さんのことを知っていましたが、親しい関係になろうなどとは思ってもみませんでした。ですが、主人に愛人がいたと知って……」

比奈子は溜め息をもらした。

「ご主人も、あなたと吉富さんのことに気づいていたのでしょうか」

「勘のいいひとですから気づいていたと思います。でも、そのことで言い合ったりはしていません」

「どうか、お気を悪くしないでください」

京介はそう前置きして、

「警察はご主人は轢き逃げに遭ったとしていて、今回の事件との関連には目を向けていません。ですが、高井さん殺しでは吉富さんの動機が弱いのです。高井さんを殺しても吉富さんやあなたに何の得にもなりません。要求を聞き入れられなかった恨みだけでは、動機が弱い。警察もそのことに気づき、他に動機を捜すようになるかもしれません。そうなったとき、轢き逃げ事件が利用される可能性が否定出来ません」

「…………」

「つまり、吉富さんと親しくなったあなたは、なかなか離婚をしてくれないご主人を轢き逃げに偽装して殺した」

「そんなことしていません」

「ええ、わかっています。ですが、警察がそこまで考えるようになるかもしれません。その場合、轢き逃げの犯人は吉富さんとされます。ところが、そのことを高井さんに気づかれた。だから、今度は高井さんを……」

「そんなことになるでしょうか」

「わかりませんが、ともかく、私は轢き逃げ事件を調べて先手を打っておきたいのです」

京介は主張する。

「吉富さんのマンションの近くから凶器のハンマーが見つかったのは、何者かが吉富さんに罪をかぶせるために公園の植込みに捨てたとしか考えられません」

「………」

比奈子は息を呑んだ。

「そういう人物に心当たりはありませんか」

「いえ」

「ご主人が轢き逃げに遭ったとき、あなたは家にいらっしゃったのですね」

「そうです」

「吉富さんはどこにいたのでしょうか」

「さあ」

比奈子は首を傾げた。

「あの夜は十時ごろに高井さんから連絡を受け、すぐに病院に駆けつけました。すでに死んでいて、吉富さんに知らせたのは夜中でした。彼はベッドの中だと言ってましたけど」

「九時ごろはどこにいたかはわからないのですね」

「聞いていません」

「このことは吉富さんに確かめてみます」

京介は言ってから、

「旅行先でご主人と若い女性がいっしょにいるのを見たという友人の名前を教えてもらえませんか」

「わかりました。若槻《わかつき》恵《めぐみ》さんです」

「電話番号は？」

「ちょっとお待ちください」

比奈子はスマホを操作して、電話番号を口にした。

「それから、ご主人が親しくしていたひとを誰か知りませんか」

「あまり」

「葬儀の参列者は？」

「高井さんが手配してくれました。ほとんど、昔からの仲間だったようです」

「むささび連合の？」

「そうです。主人は私に友達を紹介しませんでした。というのも、主人の友達は今は堅気になっていても、元は半グレなので、あまり馴染《なじ》めなかったんです。私が会うのを嫌っていたので、主人も友達と引き合わせることはしませんでした」

「あなたは、どうして半グレだった今川修三さんと結婚する気になったのですか」

「タトゥーを入れていて、苦手なタイプだったんですが……。野性的というか、強い男という印象に、いつの間にか惹かれていたんです」

「金融会社でいっしょだったのでしたね」

「そうです」

「ご主人の写真はありますか」

遺影があるはずだ。

「お待ちください」

比奈子は立ち上がって隣の部屋に行った。

アルバムから抜きとったのか、写真一葉を持ってきた。

「これです」

大柄でいかつい顔だが、目は優しそうだった。それに、なんともいえぬ野性味がある。

女性にモテるかもしれないと思った。

「お借りしてよろしいでしょうか」

必要になるかどうかわからないが、持っていようと思った。

「どうぞ。いらなくなったら、捨ててください」

冷たい言い方だった。

おそらく、最初は愛情を感じていたはずだ。

やはり、今川修三に愛人が出来てから、ふたりの仲は変化していったのか。

「これから、吉富さんに会ってきます。何か言づけは？」

「カーディガンを届けていただけますか」

「わかりました」

京介は届け物を受け取って、比奈子のマンションを出た。


それから一時間後、京介は吉富と接見した。すでに検察官は勾留請求をしており、十日間の勾留が認められていた。

「今川さんから差入れのカーディガンを持ってきました。あとで、看守係から受け取ってください」

「はい。ありがとうございます」

「取調べで、何か新しいことをきかれましたか」

「ええ」

吉富は身を乗り出し、

「彼女のご主人のことをきかれました」

「どんなことですか」

「今川修三さんが五月に轢き逃げに遭って亡くなったが、そのことを知っているかと」

やはり、警察も目をつけていたようだ。

「で、なんと答えたのですか」

「事故のあと、奥さんから電話をもらって知ったと」

「それから?」

「そのとき、どこにいたのかときかれたので、大森のマンションの部屋にいたと」

「警察はなぜ、そんなことをきいたのでしょう?」

京介は吉富の意見を求めた。

「私と奥さんとの関係をはっきりさせたかったのかもしれません。そのあとで、どうして今川修三の奥さんが旦那の死を知らせたのかときかれましたから」

吉富は間を置き、

「それから、そのときはすでにふたりは深い付き合いをしていたのかときかれました」

「そうだと答えたのですか」

「ええ。隠す必要はありませんから」

「そうですね」

やはり、轢き逃げ犯が吉富だと明らかにする布石の質問のような気がした。

五月の時点ですでにふたりは愛人関係にあった。であれば、ふたりが共謀して、亭主を殺したとも考えられる。警察は轢き逃げ事件を調べ直しているのだろう。

「吉富さん。おそらく、警察は轢き逃げしたのがあなただというストーリーを考えていると思われます」

「なんですって」

吉富は思わず叫んだ。

「落ち着いてください」

京介はなだめて、

「いいですか。警察はおそらく、あなたが高井秋人さんを殺した動機が弱いと気づいたのだと思います。もしかしたら、担当の検事から指摘されたのかもしれません。それで、轢き逃げ事件に目をつけたのです」

「…………」

「今川修三さんは高井さんといっしょにいるときに轢かれたのです。高井さんは運転手の顔を見ていた。あなたが、今川比奈子さんの代理人として高井さんに会いに行った。そのとき、高井さんはあなたを見て、轢き逃げの車を運転していた男だと気がついた。あなたは、轢き逃げがばれてしまうことを恐れて高井さんを殺した」

「そんな」

吉富は表情を強張らせている。

「今後、このようなストーリーで取調べをしてくることが予想されます」

「どうしたらいいんですか」

吉富は縋《すが》るようにきいた。

「動揺せず、きっぱりと否定してください。高井さんが轢き逃げ犯が誰かわかるはずないのです。それに、あなたには今川修三さんが国道に出てくるなんてわかりようがないでしょう。警察が高井さんが轢き逃げ犯を見ていたと言ったら、それはかまをかけているだけです」

「わかりました」

吉富は安心したように表情を和らげた。

「ところで、あなたが今川比奈子さんと知り合ったのはいつですか」

「一年半ぐらい前です。友人の結婚式に出席したら、そこに彼女も出席していたのです。年上でしたが、気になって。それからときたま誘ってお茶を飲んだりしていました。結婚していると知っても、忘れられなくなって」

「その間、彼女にいろいろと?」

「ええ。アタックしていました」

「親しくなったのはいつからですか」

「今年になってからです」

「なぜ、彼女はあなたを受け入れたのでしょうか」

「ご主人に愛人がいるとわかったからです。今年のはじめ、呑みに行ったんですが、彼女は荒れていました。自棄《やけ》になっていました。彼女のほうから誘ってきたんです」

「そうですか」

比奈子の話と矛盾はない。

「あなたは、ご主人の愛人について何か知っていますか」

「いいえ、知りません」

看守係が顔を覗かせた。

「では、また来ます」

京介は立ち上がった。

小松川中央署を出ると、冷たい風が顔に吹きつけてきた。

3

虎ノ門の事務所に戻り、執務室に入ったと同時にスマホが鳴った。

的場成美からだった。

「鶴見さん。今、だいじょうぶ？」

「だいじょうぶだよ」

京介はスマホを耳に当てて窓辺に寄った。

「明後日、東京地裁に行くの。例の事件の件で。もし、事務所にいるなら帰りに寄ろうと思うんだけど」

「わかった。待っているよ」

「ありがとう。四時過ぎになると思うけど」

京介は電話を切った。

成美は、今年の四月に起きた足立区の強盗殺人事件で逮捕された男の弁護を引き受けていた。公判前整理手続きは六月に終わっていたはずだ。

机の前に座り、京介はスマホを取り出した。今川比奈子から聞いた番号にかける。

何度目かで、相手が出た。

「もしもし」

「私は弁護士の鶴見と申します。若槻恵さんですか」

「そうです」

「じつは、今川比奈子さんから若槻さんのことをお聞きしました」

「ええ、彼女から電話がありました」

やはり、比奈子は連絡を入れておいてくれたのだ。

「旅先で、今川さんのご主人を見かけたときのことをお聞きしたいのです。お目にかかって話をお伺いしたいのですが」

「ええ。構いません」

「いつならよろしいでしょうか」

「一時間もあればいいかしら」

「十分です」

「事務所は虎ノ門だそうですね。それなら、これからでも。六時半に赤坂に行く用事がありますから」

事務所まで来てくれるという。

「申し訳ありません」

「いえ。五時半には着けると思います」

若槻恵は言った。

五時半ちょうどに、若槻恵がやってきた。三十代半ばのウェーブヘアが似合う女性だった。

「わざわざ申し訳ありません」

京介は恵を執務室に案内した。

テーブルをはさんで向かい合ってから、

「今川比奈子さんとは学生時代からのお付き合いだとか」

京介は確かめる。

「ええ、ずっと付き合いは続いています」

「今川さんのご主人とはお会いになったことは？」

「結婚式のときと、お宅にお邪魔して家にいらっしゃったときに何度か会っています」

「では、顔はわかっているのですね」

「はい」

「で、旅行先でご主人を見かけたそうですね」

「ええ、びっくりしました」

「どこで？」

「名古屋の先の有松と常滑です」

有松は有松絞りで有名で、常滑はやきものの街だという。

「二カ所で、ということですか」

「そうです、私たちとコースがいっしょでした」

恵は一年前の十月二十日のことを思いだしながら語った。

その日は空は澄んで青空が広がっていた。

恵は会社の同僚のふたりといっしょに、一泊二日で知多半島への旅行に出た。

新幹線を名古屋で降り、名鉄名古屋線でまず有松に行った。

三人は江戸時代の雰囲気を味わいながら町筋を歩き、有松・鳴海絞会館に入った。

大きなパネルに、絞りの工程や絞り技法の主な種類、そして絞り製品についての説明が書いてあった。有松絞りは、昔東海道の旅人が土産に買い求めたという。

絞りの工程は、まず「型彫り」「絵刷り」、続いて「くくり加工」「染色」「糸抜」、そして「仕上げ」になる。

「くくり加工」はいろいろな技法によって加工されるが、それぞれの技法によって職人が専門化されているという。

絞り技法には「縫《ぬい》絞り」「蜘蛛《くも》絞り」「巻上《まきあげ》絞り」「三浦絞り」など。パネルを見ていると、ふと男の声がした。

「絞りは、やっぱり糸で皺《しわ》を作るのか」

なんとなく、聞き覚えのある声に思えて、声のほうに顔を向けた。四十過ぎの男性と二十八、九歳と思われる女性が並んでパネルを見ていた。

　恵は思わずあっと声を上げそうになった。

　ふたりの男女は階段を二階に上がっていった。

「恵、どうしたの？　へんな声を出して」

　友人が不思議そうにきいた。

「えっ？　あっ、なんでもないわ」

「そう。二階に行ってみましょう」

　友人ふたりは階段を上がっていった。恵もさっきの男性と顔を合わせないように注意をしながら二階に上がった。

　階段を上がったところに、伝統工芸士による絞り実演のコーナーがあった。ちょうど実演がはじまるところで、さっきの男女も見物をするようだった。

　恵は改めて男を見た。間違いなかった。親友の比奈子の夫、今川修三だ。腕に微かに見えるタトゥーも記憶にある。

　恵は女の顔を見た。細身の髪の長い色白の清楚な美人だった。いかつい今川修三と不釣り合いな印象だったが、ふたりは手を繋ぎ合っていた。

　恵は比奈子を思いだして、落ち着いていられなくなった。実演も頭に入らず、熱心に見入っている友人たちからそっと離れた。

　実演が終わってしばらくして、階段を下りた。すると、一階の展示即売所に今川修三と女が立っていた。

土産に何かを買うようだ。

外に出てから、恵は大きく深呼吸をした。かなりショックだった。

それから恵たちは駅に戻り、電車で常滑に向かった。

常滑はやきものの街だ。

中世から現代まで生産が続く常滑、瀬戸《せと》、信楽《しがらき》、備前《びぜん》、丹波《たんば》、越前《えちぜん》の六つの窯を六古《ろっこ》窯《よう》と総称する。常滑焼で有名なのは急須で、招き猫も特徴があるという。

「常滑やきもの散歩道」の地図を片手に町を歩いているうちに、ようやく、さっきの衝撃が和らいできた。

そうなると、ふたりの姿や連れの女の顔を写真に撮っておけばよかったと後悔した。

もし、あとで何かあったときのための証拠にとっておこうと思ったのだが、あのときはそこまで考えが至らなかった。

だが、土管や焼酎瓶が積まれた土管坂を上がっていると、前方から男女が下りてくるのが見えた。

またも心臓が早鐘を撞《つ》いた。今川修三と愛人だった。

すれ違ったあと、恵はスマホを取り出し、下っていくふたりの後ろ姿を撮った。前から撮りたかったが、すでに遅かった。

ふたりは有松から常滑にやってきたのだ。たまたまコースがいっしょだったというよりは、定番の観光ルートなのかもしれない。

二度も遭遇しながら女の顔が撮れなかったのが残念だった。

土管坂を上がり、江戸時代から廻船問屋《かいせんどんや》を営んでいた瀧田家《たきたけ》を見物してから、再び土管坂を通って散歩道に出た。

しかし、三度目があった。

予約している知多半島のホテルに入るには早いので、野間大坊《のまだいぼう》と呼ばれている大御堂寺《おおみどうじ》に寄った。

天武《てんむ》天皇の時代（六七三～六八六年）に建立されたという古い寺だ。

承暦《じようりやく》年間（一〇七七～八一年）に白河天皇の勅願寺として大御堂寺と称された。

ここに、鎌倉幕府を開いた源頼朝《みなもとのよりとも》の父親である源義朝《よしとも》の墓がある。その墓を囲むように、木太刀《きだち》がうずたかく供えられていた。

平治《へいじ》の乱で平清盛《たいらのきよもり》に敗れた義朝は関東に逃れる途中、野間の地を治める家臣のもとに身を寄せたが、裏切りにあって、風呂場で斬りつけられた。武芸の達人であった義朝は「我に木の太刀の一本でもあればむざむざと討たれはせぬ」と言って絶命したという。後の世のひとは義朝公の菩提《ぼだい》を弔うために、花の代わりに木太刀をお供えするようになったと、説明文にあった。

　恵たちも木太刀をお供えしようとしたが、寺務所に誰もいなくて木太刀が手に入らなかった。

　墓の近くに、義朝公の首を洗ったという血の池がある。国家に一大事があると、池の水が赤くなると言い伝えられている。

　連れが、「こっちに来て」と呼んだ。

　恵は声のほうに行った。

　両側に赤い杭《くい》が等間隔に並んで細い通りが出来ていた。

「お砂踏みよ。四国八十八ケ所のお砂が埋まっているんですって」

　彼女が言う。

「ここを通ると、霊場巡りをしたと同じような御利益《ごりやく》があるんじゃないかしら。歩いてみましょう」

　恵たちは足を踏み入れた。一回りして、名鉄野間駅に向かったとき、タクシーがやってきた。

　恵は何気なく後部座席に目をやり、またもやあっと声を上げそうになった。今川修三の顔がわかった。横に若い女が乗っていた。

「三度目はタクシーの中にいるのを見かけただけですか」

京介はきいた。

「いいえ。ふたりは私たちと同じコースをまわっていたようです。でも、まさかホテルまでいっしょだったとは思いませんでした」

「同じだったのですか」

京介は驚いた。

「ええ、どの部屋からも海が見えて、展望風呂からも伊勢湾が望めるいいホテルだったわ。でも、何軒もあるのに、同じホテルだなんて……。おかげで、写真が撮れたけど」

「えっ、女性の写真を？」

「ええ。ロビーに彼女がいたので、仲間を写す振りをして彼女を撮ったわ」

「見せていただけますか」

「ええ」

恵はスマホを取り出し、指で操作していたが、

「これです」

と、画面を見せた。

確かに清楚な美人だ。

「すみません。この写真、私に送っていただけませんか」

「わかりました」

「ふたりの会話は耳に入ってきませんでしたか」

「ええ。ご主人に気づかれてはまずいので、あまり近づけなかったもので」

「そうですよね。そのホテルは今川修三さんが予約を入れているでしょうから、宿泊名簿を調べても女性の名前はないでしょうね」

「でも、どうかしら」

　恵が首を傾げ、

「そのホテルは、源氏物語をイメージした平安時代の雰囲気を〝香り〟で表現するというコンセプトの和風旅館なんです。全館、お香が焚《た》かれていて。私たちもそうでしたけど女性が好みそうなところだから、もしかしたら愛人が予約をしたかもしれないわ」

「そうですか」

　だが、弁護士だと言っても一年前の宿泊名簿を見ることは出来ない。女性の名前を知ることは難しいかもしれない。

「名前は聞きましたよ」

　恵がいきなり言った。

「えっ。女性の名前を？」

「下の名だけですけど。ご主人が一度だけ、女性を呼んだんです。ちづえって」

「ちづえ、ですか」

「ちづえだったと思います。でも、もしかしたら。しずえだったかも」

恵は自信なさそうに言う。

「でも、手掛かりになります」

「その女性を捜すのですか」

「ええ。今川修三さんを轢き逃げした犯人はまだ捕まっていません。そのことがちょっと気になっていましてね」

京介は言ってから、

「あなたはいつ比奈子さんにご主人のことを話したのですか」

「旅行から帰ってすぐ彼女と会ったんです。そのとき、ついぽろっと」

「比奈子さんの様子はどうでしたか」

「顔が青ざめていました。話したのは失敗だったかなと思いましたが、知らないでいるのも可哀《かわい》そうだし」

「あなたは吉富さんのことはご存じでしたか」

「ええ、比奈子に夢中だということは知っていました。それが何か」

「いいえ。ただ、比奈子さんが吉富さんと親しくなったのは、ご主人の愛人のことを知ったあとということですね」

「そうです」

恵は応じた。

「ところで、あなたは今川さんの葬儀には参列されたのですか」

「ええ、もちろん」

「葬儀会場に、愛人の女性はいなかったのでしょうね」

「いなかったわ。参列など出来ないでしょう」

「でも、近くまで来て、陰ながら見送ったかもしれませんね」

「そうね。そうだとすると、ちょっと可哀そうな気もするわ」

恵はしんみり言ったあとで、

「吉富さんはどうなるのですか」

と、心配そうにきいた。

「必ず無実は明らかになります」

「ほんとうに吉富さんは人殺しなんかしていないのですよね」

「ええ。そのとおりです」

「よかったわ。これで吉富さんまで引き離されたら、比奈子が可哀そうですものね」

恵はしんみり言う。

京介は時計を見た。六時半になろうとしていた。

「こんなに時間が経ってしまいました。六時半に約束があったんですよね」

「ええ。でも、少しぐらい、遅れてもいいの」

恵は笑った。

相手は男性なのかもしれない。恵は独身のようだ。

京介は恵をドアの外まで見送った。

執務室に戻って、京介はスマホを取り出し、恵から送ってもらった今川修三の愛人の写真を見た。ちづえという名のようだ。

高井殺しと今川修三の轢き逃げに関連があるかどうかわからないが、ちづえから話を聞くことが重要だと思った。

4

翌々日、午前中は事務所で民事事件の答弁書の作成に費やし、午後には二件の依頼人との打ち合わせをし、夕方に的場成美がやってきた。

執務室に入った成美は、部屋を見回し、

「きれいに整頓されているわね。私のところは乱雑よ」

と、感心して言う。

「所長から常に言われているのでね。きれいな環境にしていないと、思考も雑になるというのが所長の持論なんだ」

「耳が痛いわ」

成美は苦笑した。

「さあ、そこに座って」

京介はソファーを指し示した。

ノックがしてドアが開き、事務員がコーヒーを持ってきた。

「どうぞ」

成美の前に置く。

「すみません」

「今日は東京地裁にはどんなことで？」

「足立区の強盗殺人事件の打ち合わせ」

「打ち合わせ？　まだ、裁判ははじまっていなかったの？」

事件発生が四月。六月に公判前整理手続きがはじまった。今は十一月半ば過ぎだ。裁判はとっくに終わっているかと思っていたが……。

「ええ、最初のスケジュールではもう終わってるはずなのにね」

成美は表情を曇らせた。

「何かあったの？」

「裁判が近づいて、栗林優太の様子がおかしくなって」

「おかしく?」

「鬱病《うつびょう》らしいの。それで、一度、自殺未遂をして」

「なんと」

京介は息を呑んだ。

「共犯の男を見つけることは出来ないし、闇バイトだった証拠もなく、このまま裁判になれば長期刑になると悲観したのね」

成美はやりきれないように、

「私の力不足が、栗林を絶望に追いやってしまったと、自分を責めたわ」

「いや、君のせいではない」

京介は否定する。

「いえ、私が希望を与えられなかったから。正直言って、苦しい弁護なの。共犯の男のことを言っているのは栗林だけ」

「…………」

「それに広域強盗事件の指示役の首謀者がフィリピンで捕まったでしょう。でも、その男が関わった事件を調べても、栗林の件は見つからなかったのは大きなダメージだった」

成美は間を置き、

「私がそのことを告げたから、栗林は絶望してしまったのね」

「栗林の言を信じるなら、警察が把握している広域強盗事件以外に、闇バイトを募って同じように強盗をさせているグループがいることになるね」

「ええ。同じようなグループがいくつもあるみたい。でも、警察は解明出来ていないないの」

「実行犯を捕まえても、その先に行き着かないか」

京介はいまいましく吐き捨てる。

「検察は、被告人はこういうグループが存在していることを逆に利用して弁明していると決めつけているわ。このことを公判で訴えても、裁判員は信じないでしょうね」

「もし、他に同じようなグループが存在するなら、足立区の強盗事件だけでなく、他にもやっているんじゃないのか」

「ええ。私もそう思って調べてみたんだけど、八月に千葉の松戸で貴金属店が襲われた事件と九月に板橋で質屋が襲われた事件。この二件は被害額は大きかったけど、殺しはしていない」

「足立区の強盗殺人事件との関連はわからないか」

「ええ」

「共犯のイチローと名乗った男について、栗林は何か新たに思いだしたことはないの？」

「ええ、発見につながるような情報は。ただ、その後、思いだしたところでは、東京の人間ではないと」

「指示役から言われ、地方から東京に出てきた人間だと？」

「そう。北千住のことも、あまり知らなかったからそう思ったそうだけど」

指示役に従い、地方から東京に強盗をしにやってきたというわけかと、京介は不快になった。

「地方にいるとなると、ますますその男を見つけ出すのは難しくなるな」

その男がまた何らかの犯罪を犯す可能性はある。もし、それで警察に捕まればイチローと結びつけられる。

イチローを見つけるには、そこに賭けるしかないのだ。だが、地方の人間だとしたら、犯罪者の情報を弁護士がどこまで知ることが出来るか。

成美はやっとコーヒーに口をつけた。

京介もカップを口に運んだ。冷めていた。

「鶴見さんも殺人事件の弁護をしているそうだけど、どんな感じ？」

「何者かに無実の罪を着せられているようだが、誰がそんな真似《まね》をするのかさっぱりわからない」

京介は正直に答えた。

「お互い、事件が解決したら、ゆっくり食事をしましょうよ。中華街に安くておいしいお店を見つけたの」

成美が誘った。

「ぜひ」

京介は応じ、ドアの外まで成美を見送った。


翌朝、小松川中央署に出向いた。

接見室に吉富が入ってきた。手錠をはずされ、アクリル板の向こうに座った。心なしか、元気がないように見えた。

「何かありましたか」

京介は声をかける。

「やっぱり、彼女のご主人が轢き逃げに遭ったことをねちねちきいてきました」

吉富は訴えた。

「どんなことをきかれましたか」

「また、事故のあった五月十九日のアリバイです」

「何度も同じ質問をして答えの矛盾を衝こうとしているのです。でも、あなたが轢き逃げをしたと考えるのは無理があります。今川修三さんの行動がわからなければ、実行出来ないことですから」

轢き逃げ犯と高井が手を組まない限り、今川修三を轢き殺すことは出来ない。なにしろ、今川修三を国道まで誘い出さなければならないのだ。

それが出来るのは、いっしょにいた高井だけだ。しかし、高井には今川修三を殺さねばならない理由はないはずだ。

吉富は不倫相手の亭主を殺す動機が、わずかながらでも考えられる。

吉富と高井が結びつく可能性は限りなく低い。

「高井さんとの仲はほんとうはどうなんだとも」

吉富は言う。

「あなたを轢き逃げ犯にするためには、どうしても高井さんと手を組まない限り無理なのです。しかし、高井さんには今川修三さんを殺す動機はありません」

「それが警察はあると」

「ある？　動機が、ですか」

「四月の終わりごろ、高井さんと今川修三さんが激しく言い争いをしていたのを、近所のひとが見たそうです。あのふたりは、そんなに仲がいいほうではないと」

「まさか」

京介には予想外のことだった。

だが、『夢の回収本舗』は赤字続きだった。そのことから、意見の対立が生まれても不思議ではない。

「警察は私と高井さんが組んで今川修三さんを轢き逃げに見せかけて殺し、その後、口を封じるために高井さんを殺したと……」

「警察がそのように考えたのは、あなたを有罪にする決め手に欠けるからです。あなたは堂々と違うものは違うと答えればいいのです」

「わかりました」

接見を終えたあと、京介は警察に事件の担当者と会いたいと申し入れた。

刑事課の隅の応接セットで、京介はテーブルをはさんで所轄の川嶋巡査部長と向かい合った。五十近いのか、鬢《びん》に白いものが見えた。

「警察は、五月に起きた今川修三さんが轢き逃げされた事件について、吉富さんを疑っているようですね」

「この半年でふたりが死んでいることで、関連を調べているところです」

「吉富さんを逮捕した時点では、その轢き逃げは問題にされていませんでしたね」

京介は確かめる。

「ええ」

「なぜ、今になって、轢き逃げのことが問題になったのですか」

「今言いましたように、この半年でふたりが死んでいるからです。高井殺しと轢き逃げの関連を……」

「そのことは逮捕前にわかっていたのではありませんか。それなのに、どうして今になって轢き逃げ事件に目を向けたのか」

「それは、捜査上の秘密でして」

川嶋は歯切れが悪くなった。

「検察官から吉富さんが高井さんを殺す動機が少し弱いという指摘があったんじゃないかと思っているのですが」

「いや、そうではありません。あくまでも、この半年でふたりが死んでいることから」

「あの轢き逃げ事件に疑問があったのですか」

京介はきいた。

「発生当時はあくまでも盗難車による轢き逃げ事件として処理しています」

「意図的な事故という疑いはなかったのですね」

「なかったようです」

「ブレーキ痕はどうだったのでしょう？」

「ありませんでした。事故直後に調べているので、痕跡が雨で流されたわけではなく、急ブレーキはかけていません」

「意図していたからではないんですか」

「雨で歩行者に気づかなかった可能性もあります」

「犯人は捕まりませんでしたが？」

「なにしろ、激しい雨が降っていて、車を運転している男の顔はわからなかったのです」

「当時は事件性がなかったという判断だったのに、今は事件性があると考えているのですね。その根拠はあるのですか」

「あります」

「なんでしょうか」

「じつは盗難車のハンドル等から第三者の指紋が発見されなかったのです。手袋をはめていたのでしょう。五月でしたが、車を盗む輩《やから》ですから指紋に気をつけて薄い手袋をしていたのでしょうが……」

川嶋はさらに、

「当時、いっしょにいた高井は、銀座までいっしょだからとタクシーを拾うために国道を横断しようとして車に撥ねられたと言ってました。しかし、国道で空車が走っているかどうか」

と、口にした。

「高井さんがわざと今川修三さんを国道まで連れ出したと？」

「その可能性が高まったのです」

「つまり、高井さんに今川修三さんを殺す動機があるというのですね」

「そうです。吉富にも告げましたからお聞きかと思いますが、高井と今川修三が激しく言い争っていたのを近所のひとが目撃していました。従業員の須田大輔も、ふたりは商売のやり方でときたま言い合っていたと言いました」

「須田さんがそう言っていたのですか」

「そうです。一番身近にいた須田大輔の証言ですから、間違いないでしょう。吉富にも高井にも今川修三を殺す動機があるのですよ」

「…………」

高井と今川修三が言い争っていたことを須田まで証言したのは予想外だった。

考え込んでいると、川嶋が声をかけた。

「鶴見先生」

京介は顔を上げた。

「なんでしょうか」

「今川修三も高井も、元むささび連合という半グレ集団の仲間だったことはご承知ですね」

「ええ、須田さんもそうですね」

「そうです。半グレから足を洗い、不用品回収業をはじめて五年だそうです。最初は順調だったが最近は赤字続きのようでした。それなのに、どうして今川修三は羽振りがよかったんでしょう」

川嶋は疑問を呈する。

「半グレのときに稼いだお金があったのでしょうか」

京介は推測を述べた。

「そうだと思います。おそらく、オレオレ詐欺などをやって金を稼いだのではないでしょうか。それで稼いだ金で、風俗店を開いたりしている例もあります。今川修三や高井などもその口ではないでしょうか」

「そうかもしれませんね」

答えながら、なぜ川嶋がこんな話をするのか、不思議に思った。

「じつは、私は吉富を疑いながら引っ掛かっていることがあるのです」

「なんでしょう？」

「吉富はまったく堅気の男です。その吉富が元半グレだった男と手を組んで今川修三を殺すか」

そこまで言って、川嶋はあわてて、

「今のはひとり言のようなものです。気にしないでください」

と、口にした。

「川嶋さんはもしかして……」

吉富を無実だと思っているのではないかと言おうとしたが、川嶋の立場を考えて、

「いえ、なんでもありません」

と、言葉をにごした。

だが、川嶋は信頼出来ると思い、

「今川修三さんに愛人がいたのをご存じですか」

と、きいた。

「いえ」

「その女性から、亡くなる前の今川修三さんの様子などを聞いてみたいのです。もしかしたら、高井さんとの間で何があったか、聞いているのではないかと思うのです」

「そうですな」

川嶋の目が鈍く光った。

「警察で、その女性を捜し出せませんか」

「何か手掛かりはありますか」

「姓はわからないのですが、ちづえという名だそうです」

今川比奈子の友人が旅行先でふたりを見かけ、夜もホテルがいっしょだったという話をした。

「そのホテルを予約したのは今川修三さんだと思いますが、もしかしたら女性のほうが予約をした可能性があります。というのも、全館、お香が焚かれていて源氏物語をイメージした旅館で……」

「なるほど。去年の十月二十日ですね」

川嶋は確かめた。

「そうです」

「調べてみましょう。もしわかったら、最初はその女性に警察が接触します。よろしいですか」

「構いません」

京介は応じた。

それから三十分後、京介は両国の今川比奈子のマンションにいた。

「ご主人から高井さんとの関係について何か聞いていませんか」

京介は口を開いた。

「関係と言いますと？」

「ふたりの間に何か確執があったような様子はありませんでしたか」

「さあ、どうでしょうか。高井さんは主人には従順だったような気もしますが……」

比奈子はふと思いだしたように、

「そういえば、夜遅く帰宅した主人の様子がおかしいことがありました。いつも冷静なひとなのに、少しいらだっていて。そのとき、高井の奴《やつ》、と口にしたことがあります」

「高井の奴、ですか」

「で、次の日、高井さんと何かあったのときいたら、そんなこと言っていないと否定して。でも、厳しい顔をしていたので、やはり何かあったのだと思いました」

「それが何かはわからないですよね」

「ええ」

「いつごろのことです？」

「四月の終わりじゃなかったかしら。確か、ゴールデンウィークはどうするのときいた記憶があるので」

「その後はいかがですか」

「何も。もともと、私には何も言わないひとでしたから」

比奈子は不審そうな顔で、

「高井さんがどうかしたのですか」

と、きいた。

「今川さんと高井さんが言い争いをしていたということなので、何があったのか気になったのです」

「ふたりが言い争いですか。じゃあ、高井の奴と言ったのは、その夜のことだったのですね」

「そうかもしれませんね」

その後、吉富の様子を話し、比奈子の家を辞去した。

5

翌二十二日、京介が『夢の回収本舗』の事務所に行くと、ちょうど荷を積んだトラックが発進していくところだった。

須田がトラックを見送った。

「須田さん」

京介は声をかけた。

「ああ、弁護士先生」

須田が振り返った。

「少し、お話をお聞きしたいのですが」

「また、ですか」

須田はうんざりしたような顔をした。

「すみません」

「じゃあ、二階に」

須田は階段を先に上がった。

事務所の中はほとんど片づけられて、がらんとしていた。倉庫になっている一階も、だいぶ品物がなくなっていた。

「だいぶ整理がついてきました」

「品物はどこに？」

「板橋で不用品回収業をしている昔の仲間に頼んで引き取ってもらいました。ここが整理ついたら、私もそこで働くことになると思います」

「この事務所に、今川社長が若い女性を連れてきていたということでしたね」

京介は切り出す。

「そうです」

「その女性の顔を見たのでしたね」

「ええ」

京介はスマホを取り出し、ちづえの写真を画面に出した。

「これをご覧ください」

須田に画面を向ける。

「あっ、この女です」

須田はすぐ反応した。

「間違いありませんか」

「ええ。美人でしたからよく覚えています。誰なんですか」

「まだ、わからないのです」

京介はスマホを仕舞った。

「須田さん」

京介は口調を改め、

「高井さんと今川修三さんが言い争っていたことがあったそうですね」

と、きいた。

「ええ。一度、激しく言い争ってました」

「原因は？」

「商売のやり方だと思います。ずっと赤字続きで、ふたりともいらついていましたから」

「どんな意見の対立があったのでしょう？」

「わかりません」

須田は首を横に振った。

「そばにいてもわからないことだったのですか」

「ええ、まあ」

「では、商売上のことではなく、別の理由だったのでしょうか」

「いえ、商売のやり方です」

「意見の対立の中身がわからないのに、どうして商売のやり方だと思ったのですか」

京介は迫った。

「それは……」

須田は困惑ぎみに、

「じつは。高井さんはちょっとあくどいことを……」

と言って、俯いた。

「どんなことです？」

「不用品を無料で引き取ると言いながら、あとから高額を請求したんです。そのことで苦情の電話があって、それを知った今川社長は激しく怒ったんです。高井さんはこうでもしないと利益が出ないと反論して」

「で、どうなったのですか」

「一応、高井さんは謝り、それでけりがついたのですが、その後も同じことをしていたんです。私にもあとから高額をふっかけるようにしろと」

須田は顔をしかめ、

「いずれ、今川社長にばれると思っていたときに、今川社長が轢き逃げに遭ったんです」

「轢き逃げに遭ったと聞いて、あなたは何か思いましたか」

「いえ。頭の中が真っ白になったことを覚えているだけです」

「高井さんが誰かを使って轢き逃げに見せかけて今川社長を殺したのではないかとは考えませんでしたか」

「いえ。そんなことは……」

須田は否定した。

「あなたは高井さんの命令に従って仕事をしていたんですね」

「ええ、まあ」

須田は不安そうな顔になった。

高井が今川修三に殺意を抱いたとき、須田を誘わなかったのだろうか。

「あなたは、いつも小型トラックを運転して回収にまわっているんですね」

「ええ、そうです」

「運転には自信があるのですか」

「……なぜ、そんなことを?」

「あなたはその事故のとき、小岩のスナックにいたということでしたね」

「そうです。『ハーフ&ハーフ』で唄ってました。ママに聞いてもらえばわかります」

須田はむきになって言った。

さすがに自分に疑いが向いたことに気づいたようだ。

吉富と組むより、須田のほうが仲間に引き入れやすいはずだ。それに、元暴走族の須田のほうが吉富より運転技術は上だろう。

『ハーフ&ハーフ』にいたというアリバイも今から半年前のことだ。ママがどこまで覚えているか。

「『ハーフ&ハーフ』のママとは長いお付き合いなのですか」

「もう何年も通っていますからね」

「ママ以外に、あなたがその夜、お店にいたことを証明してくれるひとはいますか」

「弁護士先生、私を疑っているのですか」

須田は顔色を変えた。

「今、警察は轢き逃げ事件を調べ直しているんです」

「…………」

「高井さんに疑惑を向けているのは私だけではありません。警察もそうです。あなたには、『ハーフ&ハーフ』にいたというアリバイがあるようですが、半年前のことをママがどこまで覚えているか。だから、ママだけでなく、別にあなたがいたことを証明してくれるひとが他にもいれば安心ですからね」

「警察が私を疑っているというのですか」

「そうなるでしょうね。ですから、今から、アリバイをはっきりさせておいたほうがいいと思ったのです」

「ママの証言だけじゃだめだと？」

「だめだというわけではありません。ただ、常連のお客の頼みで、偽りの証言をしたと思われないためにも、他に誰かいればと思ったまでです」

須田は考え込んでいる。

ただ、高井が悪徳業者のような仕事をしたことを今井にとがめられたことが、殺意に発展するだろうかという疑問がある。

「須田さん。ちょっと失礼なことをお伺いしてよろしいですか」

「なんですか」

須田は警戒ぎみにきき返す。

「今川社長や高井さんとむささび連合という半グレ集団に属していたとき、どんなことをしていたのですか」

「いろいろです。六本木で遊ぶ芸能人の用心棒とか闇金融とか……。でも、今はもうやっていませんよ」

「詐欺はどうですか。オレオレ詐欺とか?」

「もう昔のことです」

須田は興味なさそうに言い、

「もういいですか。まだ片づけが残っているんです」

「もうひとつだけ」

京介は続けた。

「『夢の回収本舗』はいつごろから赤字になっていったのですか」

「二年ぐらい前かな」

須田は立ち上がってドアのほうに向かった。

仕方なく京介もあとに従い、事務所を出た。

一階に下り、

「また、何かあったらお話を……」

「もうここには来ませんよ」

須田は突き放すように言う。

「わかりました」

京介は須田と別れ、京葉道路に向かった。

今川修三が轢き逃げされた平井南九丁目の交差点にやってきた。京葉道路は墨田区両国一丁目の両国橋から江戸川区篠崎町《しのざきまち》二丁目までが一般道で、その先は千葉県の蘇我《そが》インターまで有料道路になる。

今も上り、下りとも交通量が多い。

五月十九日は昼ごろから雨になり、夜は本降りだった。

高井の話では、上りのタクシーを拾うために横断歩道を渡った。そこに、赤信号を無視して車が突っ込んできた。

もし、殺人なら車の運転手はどこかで待機し、高井のスマホからの合図で、車を発進。十分に加速をして今川修三に突っ込んだのだ。

雨なので、他に歩行者はいなかった。

京介は疾走する車を眺めながら、車を運転していたのは何者なのかと考えていた。

しばらくして、京介はそこを離れ、虎ノ門の事務所に戻った。

執務机で自分で作ったインスタントコーヒーを飲みながら、須田のことに思いを馳《は》せた。これまで、あまり重視していなかったが、今川修三の轢き逃げ事件には大きく関わっている可能性もありそうだ。

高井と今川が対立していたとしたら、須田は高井寄りだろう。いや、須田は高井の弟分のような存在だ。

高井の命令で、今川を轢き殺したという構図は不自然ではない。

そうだとしたら、高井を殺したのは須田だという可能性はほとんどない。須田に高井を殺す動機はない。

高井殺しは吉富に疑いがかかっている。吉富は高井殺しの犯人としては動機の弱さがあるが、もしも今川殺しに関わっているとなると、新たな動機が浮上する。高井の口封じだ。

だが、轢き逃げ事件に関わっているのは須田だと考えたほうが筋が通る。高井と吉富の組み合わせは不自然だ。

今川の轢き逃げ事件と高井殺しは別個の事件なのか。

翌日、京介は小松川中央署に行き、吉富に接見した。

逮捕から一週間。勾留の疲れが少し出ているようだ。

「体のほうはだいじょうぶですか」

「ええ、なんとか」

「食欲は？」

「あまりありません」

「気をしっかりもってください。今川修三さんの愛人が見つかるかもしれません。見つかれば、何か進展があるような気がしています」

京介は吉富を勇気づけるように言った。

「何かわかるでしょうか」

「ええ、そう信じています」

京介は言い、

「ところで、あなたは『夢の回収本舗』の従業員の須田大輔さんと話をしたことがありますか」

「いいえ、挨拶の言葉をかわしただけです」

「事務所に行ったときに須田さんのことで何か気になったことはありませんでしたか」

「あの男が何か」

「一応、参考のために」

「気になったことですか」

吉富は首を傾げた。

「須田さんはあなたを敵視していたとか……」

「歓迎されていないのはわかっていました。あっ、そういえば」

吉富は思いだしたように、

「一度、約束の時間よりだいぶ早く事務所に着いたとき、須田は凄い剣幕で中に入るのを阻止したんです。廊下で五分ぐらい待ってやっと中に入れてくれました」

「何があったんでしょうか」

「テーブルの上がきれいになっていたので、そこに出ていたものをあわてて隠したようでした」

「何を隠したか、想像はつきませんか」

「私に見られては拙《まず》いものだったのでしょうが、何かはわかりません」

吉富は無念そうだった。

接見を終えたあと、京介は川嶋巡査部長に呼び止められた。

第三章　疑惑の女

1

十一月二十三日の夕方。日比谷にある帝国ホテルのロビーに、すらりとした女性が入ってきた。サングラスをかけているが、写真の女性に似ていた。印象が違ったのはボブヘアになっていたからだ。写真のほうは長い髪を垂らしている。

川嶋が中越ちづえの連絡先を教えてくれた。

京介は近づいて、

「失礼ですが、中越ちづえさんですか」

と、声をかけた。

「ええ、中越です」

「電話で失礼いたしました。弁護士の鶴見です」

京介は名乗り、喫茶室に彼女を誘った。

飲み物を頼んだあとで、

「さっそくですが、今川修三さんをご存じですね」

と、切り出した。

「ええ」

「どのようなご関係だったのでしょう？」

「お付き合いをしていました」

ちづえは臆することなく答える。

「今川修三さんに奥さまがいらっしゃることはご存じでしたか」

「知っていました。その上で、お付き合いを望みました」

「あなたのほうから？」

「そうです」

「どういう経緯で今川さんと知り合ったのですか」

ちづえはゆっくりした仕種《しぐさ》でサングラスを外した。美しい目元が現れた。

「三年前、銀座のバーで。私は当時付き合っていた彼と別れたあとで、その寂しさもあって、そのバーにひとりで行ったんです。そこに入ってきたのが今川さんでした」

ウエーターが飲み物を運んできたので、ちづえは口をつぐんだ。

ウエーターが去ってから、再び話を続けた。

「最初は強面で、いやな印象しかなかったんですけど、見かけと違ってとても紳士的で……。気がついたとき、もう引き返せないほど惹かれて」

ちづえの目尻が光った。

「今川さんに告白したら、俺のような男はあんたにふさわしくない。妻もいるからと突き放されました。私はそれでもいいと」

ちづえは人差し指の背で目尻を拭った。

「ほんとうに好きだったんですね」

「ええ。私は愛人という立場で満足だったのです」

「奥さんと別れて自分と結婚してほしいとは思わなかったのですか」

「ええ、奥さんがいてもいいんです。今川さんの妻になりたいとは思いませんでした。愛人という形のほうがあのひとを深く愛せると思っていたので……」

嗚咽がもれそうになったのか、ちづえは口元を押さえた。

「今年の五月十九日、今川さんは轢き逃げに遭い、お亡くなりになりましたね」

「あの夜、銀座のバーで夜の八時に待ち合わせていたんです。でも、仕事が長引いたようで、九時前になってやっと電話があって、これからそっちに向かうと」

声を詰まらせながら、ちづえは続けた。

「でも、十時になっても来なくて。それから何度も電話をしても出なくて……。次の日、今川さんの会社に行ったら、シャッターが閉まり、事務所にも誰もいなかったんです。そしたら、そこに今川さんの右腕だという高井さんがやってきて、今川さんが死んだと……」

ちづえは嗚咽をもらした。

「そうでしたか。さぞ、ショックだったでしょうね」

「もう、脱《ぬ》け殻《がら》でした。何も考えられなくて。葬儀にも参列出来ないので、葬儀会場の外からお別れをしました」

「辛いことを思いださせてしまい、申し訳ありません」

京介は謝った。

「いえ」

ちづえはハンカチを握りしめている。

「轢き逃げの犯人はとうとうわからなかったのですね」

「ええ、盗難車だったので、運転していた人間を見つけることは出来なかったそうです」

ちづえは悔しそうに言った。

「なぜ、電車ではなく、タクシーに乗ろうとしたのでしょうね」

「雨が降っていたからタクシーのほうが楽だと思ったんでしょうね」

「電話ではタクシーで行くとは言ってなかったのですね」

「ええ。私は電車で来るものとばかり思っていました」

「高井さんといっしょにタクシーに乗ろうとしたようですが、誰から言いだしたのでしょうか」

「高井さんも銀座まで行くと言うと、それならタクシーにしようと今川さんが言いだしたそうです」

「高井さんがそう言ったのですね」

「ええ」

タクシーにしようと言ったのは高井なのだ。

だが、高井が言いだしたにしろ、今川はタクシーがすぐ拾えるかどうか、迷わなかったのだろうか。

そのとき、あっと声を上げそうになった。タクシーではない。須田の車ではないか。須田が車で送るからと、高井は今川を誘ったのではないか。しかし、それなら会社の前まで車をまわすはずだ。

やはり、タクシーを利用しようとしたのか。

「タクシーに何かあるのですか」

ちづえは怪訝《けげん》な顔をした。

「あなたは轢き逃げについて、何か疑問を持ったことはありませんでしたか」

「疑問？　どういうことですか」

「タクシーを拾おうとしなければ、今川さんは轢き逃げに遭うことはなかったのですから。今川さんはほんとうは電車に乗るつもりだったのではないかとか思われませんでしたか？」

「いえ、特には」

「そうですか」

ちづえは何も感じなかったようだ。

「つかぬことをお伺いしますが、今川さんと高井さんの仲はどうだったのでしょうか」

「ふたりの仲ですか。今川さんは高井さんを信頼して、仕事を任せていたようです」

「仕事を任せていたのですか」

「ええ、そう言ってました」

須田の話では、高井は不用品を無料で引き取ると言いながらあとで高額を請求するというあくどい商売をしていたようだ。

これもすべて、高井を信頼して仕事を任せていたからだ。それを裏切られたのだから今川の怒りは大きかったはずだ。

「高井さんが間違った仕事をしているようなことを、今川さんは口にしていませんでしたか」

「いえ。今川さんは仕事のことは何も言いませんから」

「あなたから見て、今川さんと高井さんの間に確執があったという感じはなかったのですね」

「ええ、そうです」

ちづえははっきり言った。

「今川さんの葬儀後、あなたは高井さんと会いましたか」

「はい。一度」

「どういうことで？」

「今川さんの遺品をもらえたらと思って、一週間後に平井にある会社に行きました。奥さんが受け取らないような価値のないものでもなんでもよかったんです。高井さんから、今川さんが使っていた汚れたペンケースなどをもらいました」

「そのときの高井さんの様子はどんな感じでしたか。今川さんがいなくなって悲しがっているとか」

「いえ。深刻そうな顔をしていましたが、とても饒舌《じょうぜつ》で元気そうでした」

「須田さんはどうです？」

「須田さんも特に寂しそうでもなかったです」

「ふたりとも元気そうでしたか」

「ええ。なんだか不思議に思いました。一週間しか経っていないのに感傷など何もないんですから」

ちづえは不快そうに顔をしかめ、

「やはり、今川さんと高井さんの間に何か確執があったんじゃないですかね」

京介はもう一度きいてみた。

「そうかもしれません」

おやっと思った。さっきは否定していたのに、今度は肯定している。

「何かそのようなことを今川さんは仰《おつしや》っていませんでしたか」

「……いえ」

答えまで一瞬の間があった。

何か隠しているのではないかと思ったが、確信はなかった。

「今月になって、高井さんが殺されましたね」

「ええ、驚きました」

ちづえは目を見開いた。

「あなたは何があったのだと思いましたか」

「最初は強盗かと。でも、犯人は捕まったのですよね。確か吉富純也という名でしたね。

鶴見先生はその弁護をなさっているそうですが、犯行を認めていないのですか」

ちづえは鋭い目を向けた。

「ええ、否認しています」

「でも、証拠があるんじゃないですか。新聞には、そう書いてありましたけど」

「犯人は別にいます」

「別に？」

ちづえは意外そうな顔をした。

「ええ。それが誰だかまだわかりませんが、吉富ではありません」

「そう。でも、弁護士さんなら、そう言うしかないんでしょうね」

ちづえは微かに口元を歪めた。

とても冷たい顔つきになっている。まるで、別人だ。

「鶴見先生が私を捜していたそうですけど、どうして私を？　吉富の弁護に、私が役立つのですか」

「わかりませんが、思いつくことはすべて手を打っておこうと思いましてね」

「でも、よく私のことがわかりましたね」

「去年の十月二十日、あなたは今川さんと知多半島に行かれましたね。有松と常滑をまわって」

「やはり、そこからですか」

ちづえは笑った。

「そこからとは？」

「今川さんの奥さんの友達が同じコースで旅行をしていたんですよね」

「知っていたんですか」

「ええ、今川さんがホテルの夕飯のときに、妻の友人を見たと話していました」

「今川さんも気づいていたのですね」

「有松で見かけたとき、奥さんの友人に似ていると思ったそうですが、ホテルのロビーで見かけたとき、はっきりわかったようです」

ちづえは表情を曇らせ、

「いつかばれることだからと、今川さんは真顔で言ってました。当然、私たちのことは奥さんに知れるでしょう。今川さんは私のことを正直に奥さんに打ち明けると言っていました。でも、私はとぼけてって」

「とぼける？」

「しらを切り通すようにと。でも、奥さんは何も言い出さなかったそうです」

ちづえはさらに続けた。

「そのうち、なぜだかわかりました。奥さんにも愛人がいたんです。そのひとが吉富純也ですね」

「ええ」

京介は頷き、きいた。

「今川さんは奥さんと離婚するつもりだったのでしょうか」

「いいえ、離婚はしません。ただ、奥さんのほうから言いだしたら応じると言ってました。そんなときに轢き逃げに遭って……」

ちづえは唇をかみしめたが、

「葬儀には参列は出来なかったけど、月命日には千葉の市営墓地にあるお墓に行っているんです。そしたら、お参りに来ている様子がないんです。高井さんや須田さん、それに奥さんまで、今川さんとは所詮他人だったのだと思い知らされました。あのひとたちにとっては、目の前からひとりいなくなっただけに過ぎないんです」

と、強い口調になった。

「特に高井さんは今川さんに目をかけてもらっていたうえに、自分の目の前で今川さんが轢かれたというのに……」

ちづえは高井を批判した。今川と高井は信頼関係で結ばれていた間柄だっただけに、高井の冷たさが我慢ならないようだった。

「あなたはまだ心の整理はついていないのでしょうか」

「亡くなってまだ半年ですから」

「いつまでも亡くなった方のことを引きずっていると、前に進めません。悲しく、辛いでしょうが、早く気持ちの整理をつけられたほうが……」

京介はいたわるように言った。

「先月の二十日、私は独りで知多半島に行ってきました。有松や常滑など、今川さんといっしょに歩いたコースを辿ったんです。仰るように、気持ちの整理をつけるためにでも、だめでした。私の心の中では、今川さんは生き続けているのです」

ちづえの黒い瞳が鈍く光った。

「ふたりで旅行した場所では、思いだすだけのような気がしますが」

「そうかもしれません。でも、私は同じように歩いてみたかったんです」

好きな人間を奪われた悲しみにうちひしがれているようでいながら、何ごとにも動じないような強さも見られた。時折、激しい感情が伝わってくる。

「轢き逃げ犯が憎いでしょうね」

京介はあえてきいてみた。

「ええ。でも、誰だかわからないんですから、仕方ありません」

轢き逃げ犯に対して激しい言葉を浴びせるかと思ったが、ちづえの答えは意外だった。

「もし、轢き逃げ犯が見つかったらどうなさいますか」

「そんな仮定のことはわかりません」

ちづえの口元に微かに皮肉な笑みが浮かんだ。

その笑みの正体は何なのか。

「五月十九日って桶狭間で今川義元が殺された日なんです。もちろん、旧暦の五月十九日ですけど」

いきなり、ちづえはそんなことを言いだした。

「そういえば、同じ今川ですね。そうですか。今川義元が死んだ日は五月十九日でしたか。命日も同じということになるんですね」

京介は口にした。

「ええ。去年、旅行をしたとき、有松のあとに桶狭間古戦場跡に行ったんです。今川義元の墓の前に立って、あのひとが……」

ちづえは息を継いで、

「なんだか自分と今川義元を重ねるようなことを。今だって戦場で闘っているようなものだと。まるで自分も殺されるようなことを……」

「殺される？」

「自分を今川義元に見立てていたんです」

なぜ、ちづえはこんな話を持ちだしたのか。

まさか、今川修三は殺されたのだと暗に言おうとしているのか。

「奇妙な偶然ですね」

京介はちづえの顔色を窺う。

ちづえから返事はなかった。

「高井さんの葬儀には参列されたのですか」

京介は話題を変えた。

「いえ、私とは縁のないひとですから」

ちづえは突き放すように言った。

「でも、今川さんが信頼していたひとですよね」

「どうでしょうか。ほんとうに信頼のおけるひとだったのか」

ちづえは貶《さげす》むように口元を歪めた。

おやっと思った。高井に対する気持ちが、最初と違っている。

「あなたは、そうは思っていないのですか」

「さあ、どうなんでしょう」

ちづえは他人事《ひとごと》のように言う。

またも、ちづえから刃のような鋭いものを感じた。それも一瞬でなくなり、はかなげな顔を向けて、

「弁護士さんのお役に立てたかしら。どうも期待外れだったようですね」

と、呟いた。

「いえ、いろいろ参考になりました」

「なら、いいんですけど」

「さしつかえなければ、銀座のバーの名前を教えていただけますでしょうか」

「えっ、そこまで行くつもりなの？」

「今川さんの馴染みのお店なのですよね。バーテンダーから少しでも今川さんのお話を聞けないかと思いまして」

「今川さんの話？　なぜ？」

ちづえは鋭い目付きを向けた。

「今川さんはバーテンダーに何か悩みを打ち明けているかもしれないと思ったものですから」

「高井さんとのことで？」

「ええ」

「今川さんは他人にべらべら喋るようなひとじゃないわ」

「ええ、無駄でも、一応は確認をとっておきたいのです」

「そう」

ちづえは眉根を寄せたが、

「並木通りにある『夜の扉』よ」

と、答えた。

「じゃあ、私はこれで失礼します」

いきなり、ちづえは立ち上がり、軽く頭を下げてさっさと出口に向かった。

京介はその後ろ姿を見送りながら胸がざわついてきた。最初に会ったときの印象は、まさに好きなひとを失った哀れな女性であったが、だんだんちづえは内面の激しいものを外に出すようになっていった。

中越ちづえは今川と高井の間に確執があることを知っていたのではないか。京介はちづえに疑問を持ちはじめていた。

2

その夜の八時に、京介は銀座の並木通りにあるバー『夜の扉』の扉を押した。

カウンターの中に、赤いベストのバーテンダーがふたりいた。

「いらっしゃい」

年配のバーテンダーが迎えた。

「すみません。客ではないんです」

京介はあわてて言う。

「弁護士さん？」

胸のひまわりの弁護士バッジを見て、バーテンダーがきいた。

「はい。弁護士の鶴見京介と申します」

京介は名刺を出した。

バーテンダーは名刺を手にして、

「どのようなことでしょうか」

と、顔を向けた。

「『夢の回収本舗』という会社の社長だった今川修三さんというひとがこちらの常連だったとお聞きしたのですが」

京介は立ったまま、カウンター越しにきいた。

「今川さんですか」

バーテンダーは表情を曇らせて、

「よくいらっしゃっていただきました。まさか、あんなお亡くなり方を……」

と、沈んだ声で言う。

「いつから？」

「五年ほど前からですね、いつもおひとりでした」

「どんな感じの方でしたか」

「大柄で、ブランド物を身につけ、タトゥーもしていて強面ふうでしたが、実際はやさしい方でした。いつも静かにバーボンをロックで呑んでいました」

「自分のことを話したかか」

「いえ、自分から話すことはありませんでした。でも、こちらから訊ねると、いやな顔をせずに話してくれました。もっとも、深いことはききませんが」

バーテンダーは答えてから、

「今川さんがうちにいらしていることを、どなたからお聞きになったのですか」

と、逆にきいた。

「中越ちづえさんです」

京介は答える。

「そうでしたか」

バーテンダーは納得したように頷いた。

「中越さんも常連だそうですね」

「ええ、そうです」

「中越さんはこちらで今川さんと知り合ったそうですが」

「そうです。彼女は以前に付き合っていた彼氏と何度か来たことがあったんですが、彼氏と別れたあと、ひとりでここにやってきたことがありました。そのとき、今川さんも来ていたんです」

バーテンダーはふたりの出会いの様子を語った。

「ふたりがお付き合いするようになったことをご存じでしたか」

「ええ、それからは、よくここで待ち合わせをしていましたからね」

「ここで？」

「ええ。正直、意外に思いました」

「意外とおっしゃいますと？」

「中越さんは清楚でおとなしい感じの女性です。今川さんは少し崩れた感じの男性でした。ふたりは別世界の人間だと思っていましたので」

　バーテンダーは続けて、

「それに、女性のほうが積極的で、今川さんのほうは妹を見るように、熱くなっている彼女をなだめているようでした」

「で、その後はふたりの仲は？」

「ええ、急速に深まったようでしたね」

「そのことで、ふたりにきいたりは？」

「していません」

バーテンダーは首を横に振った。

「今川さんが事故に遭った夜、中越さんはここにいたそうですね」

「ええ、待ち合わせだと言ってましたが、今川さんはとうとう来ませんでした」

「その頃、今川さんが何か悩んでいるような様子はありませんでしたか」

「悩みですか」

「あるいは、いつもと様子が違って荒れていたとか、愚痴をこぼしていたとか」

「そういえば」

バーテンダーは目を細め、

「一度、ずいぶん悪酔いしていたことがありました。彼女が介抱していましたが」

と、思いだしたように言った。

「今川さん、何か口走っていませんでしたか」

「勝手な真似をしやがって。そんな言葉が耳に入りました。そうそう、信じていたのにとも」

「中越さんは何と声をかけていたのかわかりますか」

「何があったのかときいていました。今川さんが答えたかどうか、他のお客さんの対応で、私は気づきませんでした」

「それはいつごろのことでしょうか」

「いつでしたか」

バーテンダーは首を傾げた。

「轢き逃げに遭ったのが五月十九日でしたね」

「そうだ、四月末だったと思います。ゴールデンウィークの前です」

その頃、妻の比奈子は、今川が高井の奴と口にしたのを聞いている。中越ちづえも高井のことを聞いているかもしれない。

須田の言う、不用品回収業で無料を謳いながら、あとから高額請求をしたことが怒りのもとなのか。

しかし、それが殺人にまで発展するとは思えない。

その他、いくつかきいてから、京介は礼を言いバーを出た。


翌日、京介は小松川中央署に行き、吉富と接見した。

「体調はいかがですか。食事はふつうにとれていますか」

「はい。だいじょうぶです」

吉富は元気のない声で言う。

「取調べで何か新しいことはきかれましたか」

「いえ、それはありませんが」

　吉富は身を乗り出すようにして、

「なぜ、凶器のハンマーを住んでいるマンション近くの公園に捨てたのだとしつこくきかれます。私は捨てていないと言っても聞き入れてもらえず、何度もそのことばかりきいてきます」

「そうですか。警察はそこが弱いとわかっているんですよ。ふつうなら、自分が住んでいるマンションの近くに捨てるとは考えられませんからね」

「ええ。でも、犯行後、気が動転し、凶器を持ったまま大森のマンション近くまで来てしまった。それで仕方なく、そばの公園の植込みに捨てたのではないかと、何度も繰り返して責め立ててきます」

「警察は焦っているのかもしれませんね」

　凶器からは被害者の血痕だけで、犯人の指紋などは検出されていない。つまり、凶器からは犯人を特定出来ないのだ。

　凶器と吉富が結びつくのはマンションの近くの公園から発見されたということだけだ。しかし、犯人がわざわざそんな危険な真似をするとは思えない。

　そこで、警察は合理的な理由を考え、それを吉富に認めさせようとしているのだと想像した。

「あくまでも、知らないと答えるのです」

「はい」

吉富は頷く。

「公園にハンマーを捨てたのは、真犯人です。真犯人は明らかにあなたに罪をなすりつけようとしています」

「ええ……」

「心当たりはありませんか」

「私に背格好が似ているんですよね？　いろいろ考えても思い浮かびません」

「犯人は、高井さんに会いに来ているあなたを見ていた。似ていたので、あなたに罪をなすりつけようとしたのか」

京介は言ってから、

「でも、腑《ふ》に落ちないんです」

と、口にした。

「犯人は十一月八日の夜八時に、あなたが高井さんを訪ねることを知っていなければならない。あなたの訪問を、高井さんに告げたのはいつでしたっけ」

「前の晩です」

「犯人が知るとしたら、それ以降ですね」

京介は首を傾げた。

「そのことを知っているのはあなたと高井さん以外では、今川比奈子さんと須田さんでしょうね」

「彼女がひとに喋るはずありません」

「ええ、須田さんもそうでしょう。すると、犯人が知り得る機会はないんです」

さらに、コインロッカーの件がある。吉富は平井駅のコインロッカーに荷物を預けて高井のところに向かったのだ。

「あなたがコインロッカーに荷物を預けたのは前々から考えていたのですか」

「いえ、いつもは手ぶらですが、あの夜は彼女のマンションに数日泊まるので着替えをバッグに入れて持っていたのです。荷物を持って、高井さんを訪ねるのも妙だと思ってコインロッカーに」

「コインロッカーに預けようと思ったのはいつですか」

「改札を出たあとです」

「いつもは手ぶらで、高井さんのところに行っていたんですね」

「そうです」

防犯カメラには手ぶらの吉富が映っていた。

罠《わな》にはめるためには、犯人は吉富がフードつきパーカーとハンマーをどこかに用意したようによそおわなければならない。

たまたま、吉富がコインロッカーに荷物を預けたから、警察はその荷物がパーカーと凶器のハンマーだと考えたのだ。

こう考えると、犯人は最初から吉富を罠にはめようとしたのではないのではないか。吉富を罠にはめようとしたと考えたのは大森のマンション近くで凶器が見つかったからだ。

見つかったのは数日後だ。なぜ、犯行の翌日ではなかったのか。

「吉富さん。もしかしたら、犯人があなたに罪をなすりつけようとしたのは、あなたに警察の疑惑が向いているとわかったからかもしれません」

「どういうことですか」

「あなたが引き上げたあとに犯人が高井さんを襲ったのは偶然だったのです。背格好が似ていたことも偶然です。このふたつの偶然であなたを容疑者に仕立てることにしたのです。犯人はあなたが疑われていることを知って、そこで改めて罪をなすりつけようとして、凶器のハンマーをマンションの近くに捨てたのではないでしょうか」

京介はそう想像した。

「では、私の身近にいる人間ではないということですね」

「ええ、あなたの知らない男です」

「いったい、誰が……」

吉富は呻《うめ》くように言う。

「あなたは高井さんのところを引き上げ、駅に戻った。そのとき、犯人は高井さんのところに向かう途中だった。だから、あなたは犯人とすれ違っていた可能性もあります」

「そうですか。でも、まったくの他人ではすれ違ってもわかりません」

「ええ。そのときは、犯人のほうもあなたが罪をなすりつける相手だとは知らなかったでしょう」

「どうして、疑われている人間を陥れようとしたのでしょう。凶器なら江戸川か荒川に放り込めばよかったのに」

吉富は怒りをぶつけ、

「だって、犯人は最初は他人を巻き添えにするつもりなんてなかったってことでしょう。私に恨みがあるわけではないのに、なぜ……」

「恨み？」

京介は聞きとがめた。

「あなたは、誰かから恨みを買っていますか」

「とんでもない。誰からも恨まれていません」

「そうですよね」

京介はふと思いつき、

「今川修三さんはどうだったでしょうか」

と、きいた。

「比奈子さんのご主人ですか」

「ええ。あなたは修三さんの奥さんと深い関係になったのですから」

「でも、あのひとには愛人がいたんじゃないですか」

「確かに。しかし、愛人がいたとしても、今川さんは奥さんと別れるつもりはなかったようです」

中越ちづえは今川修三が離婚することは望んでいなかったようだ。愛人のままでいいと言っていた。

「自分は愛人を作っておきながら、奥さんとは離婚するつもりはない。ずいぶん勝手じゃないですか」

吉富は腹立たしそうに言う。

「確かに勝手です。しかし、愛人の女性は今川修三さんが奥さんと離婚してほしいとは望んでいなかったと言っています」

「愛人のままでいいと？」

「そういう愛の形もあるということでしょう」

「今川修三さんが私を恨んでいたとしても、もう亡くなっているじゃないですか。まさか、愛人が私を恨むはずはないでしょう」

吉富は訴える。

思いついて、京介はスマホを取り出し、ちづえの写真を画面に出した。知多半島のホテルのロビーで、若槻恵が撮ったものだ。

「この女性をご覧ください」

画面を吉富に向ける。

「この女性が？」

「今川修三さんの愛人です、比奈子さんの友人が隠し撮りしたものです」

吉富はじっと食い入るように見つめていた。

中越ちづえは今川修三の奥さんが付き合っている男性に興味を持って近づいたりしていないか。そんなことはありえないと思いながら、念のために確かめた。

「どこかで見かけたことはありませんか」

「美人ですね。ちょっと似ている女性を見たことはありますが、雰囲気が違いました」

「雰囲気が？」

「ええ、この写真の女性は髪の毛が長いですね。私が見かけた女性はボブヘアでした」

「ボブヘアですって。いつ、その女性を見たのですか」

「事件の夜です。高井さんのところから駅に戻ったとき、駅の入口付近にカップルがいたんです。女性のほうがこの写真に似た感じでした」

「ボブヘアだったんですね」

「そうです。何か」

「いえ、じつは、この女性、今はボブヘアなのです」

「えっ」

吉富は目を剝《む》いた。

「今川修三さんが亡くなったあと、髪を切ったようです」

「もう一度、写真を見せてください」

吉富は身を乗り出した。

京介はスマホの画面を吉富に向ける。

しばらく凝視していたが、

「似ています。あのときの女性に」

「なぜ、あなたはその女性に気づいたのですか」

「その女性が私のほうを見ていたような気がしたんです。でも、私が顔を向けると、すぐ目を逸らしました。それで、コインロッカーから荷物を出したあと、もう一度入口に戻ったんですが、まだ、ふたりはいました」

吉富は息を継いで、

「女性が男性に何か言いきかせていました。男性が女性の僕《しもべ》のように女性の言うことに素直に頷いていたんです。それも、怖い顔で。痴話喧嘩《げんか》をしているのかと思い、そのまま改札に向かいましたが」

「男性のほうはどんな感じでしたか」

「二十七、八歳でしょうか。そうそう、私と同じような背格好でした」

吉富はだんだん興奮してきた。

「先生。まさか、その男が……」

「まだ、なんとも言えませんが」

京介も胸が騒いだ。

「男の顔を覚えていませんか」

「ちょっと見ただけですので」

吉富は首を傾げたが、

「髪は金髪で、顔は細長く、切れ長の目はつり上がっていました」

「えっ、切れ長の目はつり上がっていた？」

「ええ」

「いわゆる、きつね目ですね」

「そうです」

足立区の強盗殺人事件のイチローと特徴が似ている。単なる偶然か。京介は体の奥から熱いものがたぎってくるのを感じていた。

3

虎ノ門の事務所に戻った京介は、的場成美のスマホに電話をした。

「はい」

成美はすぐに出た。

「鶴見です。今、だいじょうぶ?」

「ええ、構わないわ。自分の部屋にいるから」

横浜の法律事務所にいるようだ。

「例の足立区の強盗殺人事件だけど、被告人の栗林優太に確かめてもらいたいことがあるんだ。共犯のイチローと名乗った男のことだ」

「なに?」

「大柄で、きつね目だったそうだが、この男の特徴をもう少し詳しく聞きだしてもらいたいんだ」

「何かあったのね？」

成美は鋭くきいた。

「こっちが受任している殺人事件の被疑者が、現場近くできつね目の男を見かけているんだ。こっちの被害者もハンマーで殴打されている」

「手口は同じね？」

「ただ、こっちは強盗ではないんだ」

「そう。気になるわ。さっそく、栗林優太に会ってくるわ」

「助かる」

「こっちは行き詰まっているの。これが何かとっかかりになればいいんだけど」

成美は気負って言い、

「帰り、事務所に寄るわ。五時過ぎになるけど」

「わかった。助かる」

電話を切ったあと、京介は比奈子に電話をした。

「弁護士の鶴見です」

名乗ってから、

「今川さんの知り合いで、大柄で細面《ほそおもて》、目は切れ長でつり上がっている、いわゆるきつね目の二十七、八歳の男に心当たりはありませんか」

「きつね目の男のひとを知っていますが、年齢は五十過ぎです」

比奈子は答える。

「知りませんか」

「ええ。その男が何か」

「まだ断定は出来ませんが、真犯人の可能性が出てきたのです」

「ほんとうですか」

比奈子の声が大きくなった。

「あくまでも可能性の段階ですが」

「わかりました」

「少し立ち入ったことをお伺いしますが」

京介は言葉を選びながら、

「ご主人は愛人がいながら、あなたと別れようとはしなかったのでしょうか。それとも、別れ話はあったのでしょうか」

「別れ話はありませんでした」

「ご主人はあなたとの生活を守りながら愛人ともうまくやっていく。そのような考えだったのでしょうか」

「さあ、よくわかりませんが、別れようとしなかったのはほんとうです」

比奈子はきっぱりと言った。

「ご主人はあなたに愛人が出来たことを知っていたんですね」

「ええ、気づいていたと思います。私が夜に外出するようになったので、感づいたのでしょう」

「あなたは、ご主人と離婚しようとは思わなかったのですか」

「向こうから言ってきたら、別れるつもりでした」

「でも、ご主人は切り出さなかった？」

「いずれ、言い出すつもりだったのかもしれません。でも、その前にあんな事故で亡くなってしまいましたから」

比奈子はやりきれないように言い、

「このことが何か関係あるのですか」

「そういうわけではありませんが……。失礼しました」

京介は逃げるように謝った。

中越ちづえは、比奈子に愛人を作ってほしくなかったのだ。比奈子には今川修三のよき妻でいてもらいたかった。その上で、ちづえは今川修三を愛していく。そんな歪んだ愛情でよしとするちづえの気持ちは理解出来ない。

だが、それがちづえが望んだ愛の形だったのだ。吉富純也はちづえの理想を壊したうとましい存在だったに違いない。


五時過ぎに、的場成美が虎ノ門の事務所にやってきた。

執務室でテーブルをはさんで向かい合った。

「さっそくだけど、栗林から新しいことは聞けなかったわ。やはり、これから強盗に押し入るという緊張からあまり覚えていないのね」

成美は残念そうに言った。

「きつね目の二十七、八歳の男というのは確かなんだね」

「ええ、それは間違いないわ。ただ、髪は金髪ではなかったそうよ。黒だったと」

「犯行後、染めたのかもしれない」

髪の色は参考にならないと思った。

「で、そっちの事件というのは？」

成美がきいた。

事務員がコーヒーをいれて持ってきてくれた。

「ありがとう、この前のコーヒーもおいしかったわ」

成美は事務員に言った。

事務員が部屋を出てから、

「こっちの事件はちょっと複雑なんだ」

そう言い、京介は高井秋人が事務所でハンマーで殺され、吉富純也が逮捕されたこと、五月に今川修三が轢き逃げに遭って死んでいること、そして両事件の関連について話した。

「高井が殺された夜、吉富純也が高井の事務所から引き上げて駅に戻ったとき、ある男女を見ていた」

女性が今川修三の愛人だった中越ちづえの可能性を口にし、相手の男性がきつね目の男だったと話した。

「もちろん、証拠はない。吉富純也が見たきつね目の男と栗林が見た男が同一人物だという、そんな偶然があり得るのかという疑問も浮かぶ。それでも、念のために確かめておきたかったんだ」

京介は口調に思わず力が入った。

「一致するのは背格好と年齢、細面できつね目ということね」

成美は口にし、

「そういう特徴の若い男性はたくさんいるでしょうね」

と、呟く。

「うむ。ただ、現場近くにいたことが気になるんだ。それに、両事件とも凶器にハンマーが使われている」

「そうね」

　成美が頷いたが、

「でも、その男を見つけ出すことが出来なければ」

と、悲観的に言う。

「強引かもしれないけど、同じ男だと仮定したらどんなことが考えられると思う？」

　京介は積極的だ。

「闇バイトに応募した栗林ときつね目の男は指示役の命令に従い、足立区の民家に押し入り、高齢の女性を殺して現金を奪った。ところが、犯行後、挙動不審から栗林が警察の職質を受けてそのまま逮捕、きつね目の男は逃走」

　京介は成美の話を頷きながら聞く。

「その後、きつね目の男はまた指示役の命令に従い、『夢の回収本舗』の事務所に押し入り、高井秋人を殺し……」

　京介はそこで口をはさんだ。

「ここで気になるのが、『夢の回収本舗』を興した今川修三や高井秋人たちなんだ。ふたりは若い頃は暴走族のメンバーで、その後はむささび連合という半グレ集団に属していた。今川はむささび連合を抜け、サラ金で働いた後に、『夢の回収本舗』を興した」

「指示役の男は元むささび連合のメンバーがやっている会社だと承知して強盗に押し入らせたということ?」

成美がきく。

「いや、半グレ集団のかつての仲間のところに押し入らせるとは思えない。また、強盗ではなく、かつての仲間とのトラブルが原因だとしたら、半グレは集団で高井を襲うのではないかということだ」

これは須田が言っていたことだ。

「じゃあ、どういうこと?」

「『夢の回収本舗』は不用品回収業だが、あまり利益は上がっていなかったようだ。だが、今川修三の奥さんの話では、かなり羽振りがよかったという。今川修三はロレックスの腕時計をし、身につけるものもブランド品が多かったという」

「本業以外で稼いでいた?」

成美が眉根を寄せた。

「半グレ集団はオレオレ詐欺をやっていたようだ。それで金を稼いで、堅気の商売に乗り出す。今川修三たちもそうだ。だが、商売は順調には行かなかった」

京介は間を置き、

「それで、またオレオレ詐欺に手を出したのではないか」

と、口にした。

「その根拠は？」

成美がきいた。

「利益が上がっていないのに、羽振りがよかった……」

「だからといって、オレオレ詐欺だとは言い切れないわね」

成美は鋭く指摘する。

「ああ、証拠はない」

「仮に、オレオレ詐欺をやっていたとしましょう。でも、さらに手っとり早く強盗に転向したというわけ？」

「そうだ。広域強盗事件が世間を騒がせていた。それを真似て、闇バイトの男に強盗をやらせたのではないか」

「それが足立区の強盗殺人事件？」

「そうだ。おそらく、その被害者宅にも、『夢の回収本舗』が不用品回収で訪れたことがあるのではないかと思う」

「それは確かめたの？」

「いや。まだだ」

「ただ、そうだったとしても、それで強盗に押し入ったという証拠にはならないわね」

「うむ」

「でも」

成美は人差し指をこめかみに当てながら、

「今川修三と高井秋人が闇バイトを募集して、指示をしていたとしたら、『夢の回収本舗』の事務所がその拠点というわけね。だったら、スマホがたくさん……」

あっ、と京介が叫んだ。

「どうしたの？」

「吉富純也の言葉を思いだしたんだ」

京介は続けた。

「吉富さんが、約束の時間よりだいぶ早く事務所に着いたとき、須田が凄い剣幕で中に入るのを阻止したと言っていた。五分ぐらい待ってやっと中に入ったが、テーブルの上がきれいになっていたそうだ。あわてて何かを隠したようだったと」

「ひょっとしてスマホ？」

成美は口にする。

「吉富さんは何を隠したかわからないと言っていたけど、スマホだったかもしれない。それも複数台あったんじゃないか」

京介は想像した。

「高井秋人が死んでいるのを発見したのは翌朝に出社した須田大輔なんだ。現場の事務所にはスマホや闇バイト募集の痕跡はなかった。須田なら、すべて片づけられる」

「その事務所からオレオレ詐欺の電話をしていたのね」

「そうだ。ただ、そのうち、高井と須田が暴走し、今川修三に内証《ないしょ》で栗林ときつね目の男に強盗の指示を与えた。おそらく、被害者の家には以前に不用品の回収で訪問したことがあり、まとまった現金が金庫にあり、昼間は高齢の女性がひとりだけということを知っていたのだろう」

「ひどいことを」

成美は憤慨した。

「栗林は、千住大橋の袂で待っている現金回収役の男のところに向かう途中で警察官の職務質問に引っ掛かった。おそらく、現金回収役の男は須田だろう」

京介はめまぐるしく頭を回転させながら、

「そう考えると、すべてについて合理的に説明がつく。強盗殺人が高井の仕業と気づいた今川修三は、高井と須田を叱責した。そのことが、今川修三の轢き逃げにつながった」

「高井と須田が轢き逃げ事件を企てた？」

「そうだ。須田が盗難車を運転し、高井の誘導で横断歩道を渡った今川修三を轢き殺した」

京介は言い切ったが、

「でも、すべては想像の域を出ない。はっきりとした証拠がない」

と、溜め息混じりに呟いた。

「でも、鶴見さんの考えた事件の構図をもとに調べていけば証拠は見つかるはずよ」

成美は京介を励まし、

「私も今のストーリーをもとに、栗林から話を聞いてみるわ」

「よし、ひとつずつ証拠を捜してみる」

京介も意気込んだ。

4

翌日の朝、京介は両国の今川比奈子のマンションを訪れた。

「どうぞ」

比奈子が紅茶を淹《い》れてくれた。

「すみません」

京介は礼を言い、彼女が向かいに座ってから、

「ご主人のお仕事のことですが、羽振りがいいので儲かっていると思っていたということですね」

と、切り出した。

「ええ、そうです」

「そのお仕事がどんなものか、あなたはわかっていたのですか」

「ええ、不用品の回収をしていることは知っていました。不用品回収業は儲かるものだと思っていましたから」

「しかし、実際には商売は振るわなかったと、高井さんから説明を受けたのでしたね。でも、あなたは納得できなかった」

「ええ、嘘だと思いました。金回りもいいみたいでしたから」

「でも、実際には帳簿上も赤字でしたね」

「ええ」

「赤字の帳簿を見て、どう思いましたか」

「最初は二重帳簿をつけていたんじゃないかって思いましたけど……」

「けど？」

京介は食い下がるようにきいた。

「ほんとうは他のことで儲けているのではないかとは思いませんでしたか」

「いえ」

「あなたは、ご主人と金融会社に勤めているときに知り合ったのでしたね」

「そうです」

「ご主人はそれ以前は半グレ集団のむささび連合に属していた。そのことはご存じでしたか」

「金融会社はそこの出のひとが多く働いていましたから」

「半グレ集団は、オレオレ詐欺のような特殊詐欺や暴力バーなどの犯罪に絡んでいることがあるようです。そのことはご存じでしたか」

「社員の間で、そんな話が交わされていたのを耳にしたことがあります」

比奈子は不審そうな顔で、

「それがどうかしたのですか」

と、きいた。

「ご主人の会社は不用品回収業は表向きで、実際は特殊詐欺の拠点になっていたのではないでしょうか」

京介ははっきり口にした。

「まさか」

比奈子は目を剝いた。

「そういうことを思ったことはありませんか」

「………」

比奈子は押し黙った。

「いかがですか」

「思ったことはありません」

比奈子の声は弱々しかった。

「そうですか」

「その可能性があるんですか」

「証拠はありません。私の想像です」

「………」

「さらに言えば、特殊詐欺を主導したのは、ご主人でしょう。その下で、闇バイトを募集したり、実際に詐欺を指示したりしたのが高井秋人と須田大輔ではなかったかと思っています。でも、証拠はないので、何も出来ませんが」

「ほんとうは……」

比奈子がぽつりと口にした。

「ほんとうはなんですか」

「前にお話ししたことですが、夜遅く帰宅した主人の様子がおかしく、高井の奴と口にしたことがあると言いましたけど」

「ええ、次の日、高井さんと何かあったのときいたら、そんなこと言っていないと、ご主人は否定したということでした」

「じつは高井の奴と口にしたとき、その続きがあったのです」

「続き？　なんですか」

「高井の奴、タタキなどしやがってと」

「タタキと言ったのですか」

「はい。それで次の日、高井さんがタタキをしたのときいたら、そんなこと言っていないと強く否定したんです」

「そうでしたか。高井の奴とは言っていないではなく、高井がタタキをしたとは言っていないということだったのですね」

「そうです」

「なぜ最初からそう話してくれなかったのですか」

「ほんとうにそう言っていたのか自信がなかったからです。主人も否定していましたし、私の聞き違いだったかもしれないと思って、あえて言わなかったんです。ただ、高井の奴というのははっきり耳にしましたから」

「あなたは、タタキの意味をご存じだったのですね」

「ええ。半グレの間じゃ、強盗の意味で使っているんでしょう」

「もともとは警察の隠語ですが、闇バイトで強盗をさせるときに使われているようです」

京介は言い、

「あなたにはタタキと聞こえたのですね。そのとき、強盗のことを想像したのですか」

「はい。とっさに強盗を思い浮かべました。でも、高井さんが強盗をしたなどとは想像出来なかったので、他の言葉を聞き違えたかもしれないと」

比奈子は言ってから、

「ほんとうはどんな意味だったのでしょうか」

と、きいた。

「ほんとうに高井秋人は闇バイトを使って強盗を働かせていた可能性があります」

京介は正直に答えた。

「まあ」

「ご主人はそのことで高井秋人を責めたのだと思います。でも、もう取り返しがつきません。ご主人も目を瞑《つむ》るしかなかったのでしょう」

「…………」

「これから、吉富さんに会ってきます。何か言づけがありますか」

「とにかく体を大事にするようにと」

「わかりました。お伝えします」

京介は比奈子の部屋を辞去した。


小松川中央署で、取調べ中であることを理由に三十分ほど待たされてから、京介は吉富と会った。

「今川比奈子さんが、とにかく体を大事にするようにと」

京介は話した。

「だいじょうぶだと伝えてください」

「わかりました。ところで、きょうの取調べで何かありましたか」

「いえ、相変わらず、同じ質問の繰り返しです」

「そうですか。だんだん、事件の構図が見えてきました。だから頑張ってください」

「はい」

吉富は大きく頷いた。

「あなたが、高井秋人を訪ねたときのことですが、約束の時間よりだいぶ早く事務所に着いたとき、須田が凄い剣幕で中に入るのを阻止したと言っていましたね」

「ええ。そうです」

「五分ぐらい待ってやっと中に入ったら、テーブルの上がきれいになっていたということでしたが、あなたは最初に入ったとき、テーブルの上に何があったのか思いだせませんか」

「いえ。何かいくつかばらばらに置いてあったようですが、覚えていません」

「一瞬でも何か目に入っていると思います」

京介は言ってから、

「色はどうでしょう？」

と、きいた。

「色ですか」

吉富は首を傾げて考え込む。

「色はあまり記憶にないです」

「白とか黒、あるいはグレーだったからでは？」

京介は記憶の手助けをするようにモノトーンの色を告げた。

「そうだ。黒とかグレーの細長いものがいくつか……。あっ」

吉富が叫んだ。

「思いだしましたか」

「スマホだったかもしれません。そうです。スマホがいくつかテーブルの上に置いてあったようです。それがあとで入ったときにはなくなっていたんです」

「よく思いだしてくれました」

京介はほっとしたように言う。

「でも、なんで、あんなにスマホが？」

「じつはあの事務所は特殊詐欺の拠点になっていたのではないかというのが、私の見立てなんです」

「特殊詐欺？」

「ええ、オレオレ詐欺です。あのスマホで、闇バイトを募集したり、狙った家に息子を騙《かた》って電話をかけていたのだと思います」

「そんなことを……」

「いつもはあなたがやってくるまでにスマホは金庫かどこかに隠すのでしょうが、あなたが約束の時間よりだいぶ早く着いたので、まだスマホを片づけていなかったのでしょう」

「そういえば」

吉富が思いだして、

「一度、高井さんに交渉しているとき、スマホが鳴ったんです。でも、音が金庫のほうから聞こえていることがありました」

と、訴えた。

「やはり、スマホは金庫の中に仕舞っていたようですね」

京介は手応えを感じていた。

スマホが鳴ったのは闇バイトの応募か、それとも関係ない着信か。だが、スマホが金庫の中にあったのは間違いない。

高井が死んでいるのを見つけた須田はとっさに頭を回転させ、金庫からスマホを取り出し、闇バイトの名簿など、警察に見つかってはまずいものをすべて回収したあと、警察に通報したのだろう。

接見を終え、京介は川嶋巡査部長に面会を申し入れた。

川嶋はすぐに会ってくれた。

いつもの刑事課の隅の応接セットで向かい合い、

「高井秋人の遺体が発見されたときのことで、改めて確認したいのですが」

と、京介は切り出した。

「第一発見者は従業員の須田大輔さんでしたね。警察に通報したのも須田さんですか？」

「そうです。朝、九時過ぎに出社して遺体を発見し、すぐ通報したのです」

川嶋は実直に答える。

「高井さんは机近くの床に倒れていたのですね」

「ええ、うつ伏せで」

「駆けつけたとき、現場は荒らされていなかったのですね」

「ええ、その痕跡はありませんでした」

「机の上は？」

「きれいになっていました。整然としていました」

「ふいをつかれて襲われ、何ら抵抗出来なかったにせよ、倒れるとき、机にしがみつくなどしなかったのでしょうか。机の上の物が下に落ちていたり、そのようなことはなかったのですね」

京介は念を押して確かめる。

「ありませんでした」

「金庫の中を調べましたか」

「ええ、何かなくなっているものがないかと」

「いかがでしたか」

「現金五十万がそのまま入っており、その他に帳簿や書類も」

「確認は須田さんが？」

「そうです」

「警察は第一発見者の須田さんに疑いを向けることはなかったのですか」

「早い段階で、アリバイが確認されましたので。犯行時刻と思われる午後九時前後、彼は小岩のスナックにいたことがわかりましたから。もちろん、共犯がいたという可能性もありますが、その前に吉富の存在が大きかったのです」

「吉富のことを口にしたのは須田さんですね」

「そうです」

川嶋は答えてから、

「須田さんが何か」

と、きいた。

「遺体を発見したあと、須田さんは警察に見つかっては都合の悪いものを急いで片づけたのではないかと」

「都合の悪いもの？」

川嶋は表情を変え、

「それはなんですか」

と、きいた。

「スマホです」

「スマホ？」

川嶋は怪訝そうな顔をした。

「吉富純也が、高井秋人を訪ねたときのことですが、約束の時間よりだいぶ早く事務所に着いたとき、須田が凄い剣幕で中に入るのを阻止したそうです。改めて入ったとき、テーブルの上がきれいになっていたそうです」

「………」

「テーブルの上に何か物があったことは記憶に留めていましたが、それが何なのかあまり意識していなかったのですが、改めて記憶を手繰ってもらったところ、黒とかグレーの細長いものがいくつかあったと……」

「それがつまり、スマホ？」

川嶋は鋭い顔つきになった。

「そうです。あの事務所にはいくつものスマホが置いてあったはずなんです。それなのに、高井秋人さんが殺されたあと、事務所からスマホは発見されていない。須田さんが片づけたとしか考えられません」

京介はさらに、

「スマホの他にも何か都合が悪い書類を隠したと思われます」

「都合が悪いとは？」

「闇バイトのリストなど」

「闇バイトですと?」

「ええ、あの事務所は特殊詐欺の拠点で、あそこから闇バイトの連中に指示を送っていたのではないかと、私は考えています」

川嶋は唖然《あぜん》とした顔をしている。

「四月の終わりごろ、今川修三さんは珍しく荒れていたことがあったそうです。酔っぱらって家に帰ってきて、高井の奴、タタキをしやがってと吐き捨てていたそうです」

「タタキ?」

「四月十日に起きた足立区の強盗殺人事件を覚えていらっしゃいますか。栗林優太という男が足立区の一戸建ての住宅に宅配業者を装って訪ね、玄関の鍵を開けさせて強引に家の中に押し入った。高齢の女性をハンマーで殴打して殺害し、タンス貯金の八百万円を盗んで逃走したというものです」

川嶋は頷く。

「しかし、逃走途中、栗林は警察官の職務質問に遭って、そのまま逮捕されました。警察は栗林の単独犯行と断定しましたが、栗林は闇バイトに応募し、指示役に命じられてジローと名乗り、北千住で共犯のイチローと名乗る男と落ち合い、ふたりで民家に押し入ったと訴えています」

「その事件に高井が?」

「はい。今川修三さんが口にした、タタキというのはこのことだと思います」

「何か証拠は？」

「残念ながら確たる証拠はありません。ただ、状況からはそう考えるのが自然だと。これも憶測ですが、この強盗殺人事件がもとで今川修三と高井秋人との仲に亀裂が入ったのです。それで起こったのが、今川修三が轢き逃げされた事件です。これは、高井と須田が仕組んだと私は見ています。盗難車を運転していたのが須田です」

「………」

「須田は轢き逃げがあった時刻も小岩のスナックにいたと言っていましたが、私は怪しいと思っています」

「なるほど。須田ですか」

「それから、大事なことが」

京介は前のめりになり、

「足立区の事件で逮捕された栗林の話では、イチローと名乗る共犯の男は二十七、八歳。大柄で細面、きつね目をしていたと言います。高井が殺された夜、吉富さんは駅で女といっしょにいた若い男を見ていました。この男がきつね目だったそうです」

と説明し、さらに続けた。

「もちろん、きつね目だったからといって、同じ男だとは言えませんが、体つきはパーカー姿の男に似ています。それに、いっしょにいた女は今川修三の愛人だった中越ちづえに似ていたようです」

「………」

川嶋の目が鈍く光っている。

「もちろん、たまたま似ている男女がいただけかもしれませんが、今の話を前提に事件を見直すと、何かが見えてくると思います」

「しかし、我らの前にいる人物は中越ちづえに須田大輔だけですよね。今川修三も高井秋人ももういない」

「はい。そのふたりはすべてを知っているはずです。しかし、ふたりを問い詰めても、素直に喋るとは思えません。証拠はありません。でも、須田はスマホなどを処分しています。そこから追及していけないでしょうか」

「わかりました。捜査本部がどこまで聞き入れてくれるかどうかわかりませんが、やってみましょう」

「お願いいたします」

事態は大きく動き出したと、京介は手応えを感じていた。

5

鶴見弁護士と別れた川嶋は、捜査本部の田尾警部補に声をかけた。

「お話があるのですが」

「なんでしょうか」

田尾は気乗りしないような顔を向けた。

吉富の取調べが捗《はかど》らず、いらだっているようだった。

「今、吉富純也の弁護人の鶴見弁護士と会っていたのですが、鶴見弁護士から重大な話を聞きました」

川嶋は田尾の向かいに椅子を引いて腰を下ろした。

「重大な話？　吉富を有利にするためにいろいろ画策しているんでしょう。そんな弁護士の話をいちいち聞いていては時間の無駄です」

田尾は傲岸に吐き捨てる。

「いえ。かなり真実味があります」

「こっちは今、吉富を自供に追い込むために懸命に闘っているのです。それに水を差すようなことは……」

「そうではありません。どうか、話だけでも聞いてください」

自分よりも十歳も年下の男に、川嶋は頭を下げた。

「『夢の回収本舗』の事務所は特殊詐欺の拠点だったという疑いです」

川嶋は具体的なことを口にした。

「特殊詐欺？」

「今川修三も高井秋人らもともと半グレでした。不用品回収業を隠《かく》れ蓑《みの》に、実際はあの事務所から闇バイトを雇い、詐欺の指示を与えていたのではないかと」

「その証拠は？」

田尾は面倒くさそうにきいた。

「ありません」

「なくちゃどうしようもないでしょう」

田尾は冷笑を浮かべた。

「四月十日に起きた足立区の強盗殺人事件、栗林という男の単独犯行とされていますが、栗林は闇バイトで指示役に従って、イチローと名乗る男と民家に押し入ったと供述しているのです」

「その事件がどうこっちと関係しているのですか。まさか、その事務所から指示して強盗をやらせたとでも？」

田尾は呆《あき》れたように言う。

「そのとおりです」

川嶋ははっきり言った。

「指示したのは高井秋人です。足立区の強盗殺人事件で、犯行後、栗林は盗んだ金と凶器を持って回収役の男のもとに向かう途中で職質にひっかかりましたが、その回収役の男が須田ではないかと」

「出来過ぎじゃありませんか。弁護士先生が考えたストーリーを真に受けてどうするんですか」

「しかし」

「いいですか。足立区の強盗殺人事件の捜査本部は栗林の単独犯行と判断したんですよ。そこに口出しするのは越権行為じゃありませんか」

田尾は厳しく言った。

「捜査本部が間違っていたら」

「どうして間違いだと言えるのですか」

「高井秋人殺しが発生して、足立区の強盗殺人事件との関連がわかったからです」

「それも弁護士先生の見解でしょう。高井秋人殺しの犯人は吉富純也に間違いありません。吉富が足立区の事件に関わっていることはあり得ませんよ」

田尾は口元を歪め、

「川嶋さんは、最初から吉富の犯行に否定的でした。だから、弁護士先生のとんでもない言い分に騙されるのですよ」

「そうじゃありません」

川嶋は身を乗り出し、

「今川修三も高井秋人も死んでもういませんが、須田がまだ残っています。須田から事情をきくべきだと思います」

「必要はありませんよ。今我らがやるべきことは吉富の自供を取ることです」

田尾は川嶋の訴えを軽く一蹴した。

川嶋は溜め息をつくしかなかった。


午後八時、川嶋は小松川中央署を退出した。

玄関を出て門に向かう途中、振り返った。四階にある取調室にはまだ明かりが灯っていた。田尾が吉富を取調べているのだ。川嶋の意見に逆に刺激され、田尾は吉富の自白を得ようと躍起になっているのかもしれない。

吉富はシロだという川嶋の思いはますます強くなっている。そもそも、吉富が高井を殺す動機が希薄だ。高井を殺したところで吉富に得はない。凶器のハンマーをよりによって自分のマンションの近くに捨てるのも考えられない。

『夢の回収本舗』が不用品回収業を隠れ蓑とした特殊詐欺の拠点であり、さらに闇バイトによる強盗殺人に発展していったという見方をしたとき、事件の様相はがらりと変わる。

しかし、この考えは田尾には受け入れてもらえなかった。捜査本部長や課長、管理官に訴えても無駄だろう。

川嶋は平井駅からふた駅隣の小岩駅で降りた。

須田の住むマンションは都立篠崎公園の近くにある。そこに向かいかけたが、須田はだいたいこの時間はスナック『ハーフ&ハーフ』にいることが多い。

そのことを思いだして、『ハーフ&ハーフ』に足を向けた。パトカーのサイレン音が聞こえた。事件でもあったのか、何台も出動したようだ。

『ハーフ&ハーフ』の前に着いた。川嶋がここに来るのは二度目だった。高井秋人の殺害事件で、念のために須田のアリバイを確かめるために一度顔を出している。

黒い扉を押すと、もうひとつの扉がある。その扉を開けると、カラオケの大音量が襲ってきた。

「いらっしゃい。あら」

三十半ばと思えるママが川嶋の顔を覚えていた。

「また、聞き込みですか」

ママは微かに眉根を寄せた。

「いや、須田さんはまだ？」

川嶋はきいた。

「ええ。まだです」

「今夜は来るのかな」

「金曜だから必ず来るわ」

「どうして金曜は来るのかね」

「あけみちゃんが出番だから」

「そうか、あけみさん目当てだったな」

奥のテーブル席で中年の客の横にいるあけみを見つけた。目鼻だちのはっきりした派手な顔だ。

「五月十九日、須田さんがここに来たかどうかわからないかな」

川嶋はさりげなくきいた。

「そんな前のこと、覚えていないわ」

ママは苦笑した。

「何か手掛かりはないか。たとえば、その近辺に誰かの誕生日があるとか、何かの記念日だったとか」

記憶を引き出すように口にしたが、ママは首を横に振るだけだった。

「そうだ。あけみさんの出勤日は？」

「水、金よ」

「五月十九日は金曜日だ」

「日にちははっきり思いだせないけど、一度だけあけみちゃんが出ているのに来なかったときがあったわ」

「あけみさんと話がしたいんだが」

「ちょっと待って」

ママは別の女の子に、あけみと代わるように言った。

その女の子は奥のテーブルに行き、あけみに耳打ちをした。

ミニスカートのあけみがやってきた。

「あけみちゃん。刑事さんが須田さんのことで」

ママが説明する。

あけみは川嶋に会釈をした。

「あなた、五月は休んでいないわよね。ゴールデンウィークでお金をたくさん使ったからと言って休まず来ていたわね」

ママがきいた。

「ええ、休んでいないです」

あけみは答える。

「その頃、あけみちゃんが店に出ているのに、珍しく須田さんが来なかったときがあったわよね」

「ええ」

「いつだったか覚えている？」

「さあ、日にちは覚えていないけど」

あけみは首を傾げたが、

「確か、雨が激しく降っていた日だわ」

「そうだったわね。こんな雨だから来ないのかしらって話していたのよね」

ママも応じた。

五月十九日は雨が降っていた。

やはり、その日の須田のアリバイはないようだ。

「須田さんは金回りはよかったのかな」

川嶋はあけみにきいた。

「ええ。同伴のときはいつも高級なお寿司屋さん。財布はいつも一万円札で膨らんでいたわ」

「若いのに、かなり収入があったようだな」

川嶋は呟く。

「ええ。だから、大事なお客さん」

あけみは笑った。

「でも、今夜も変ね。いつもは八時には来るのに」

ママが時計に目をやった。

九時になるところだ。

「邪魔をして申し訳ない」

川嶋はそう言い、スナックを出た。

ひんやりした風が頬に当たる。

ふと、さっきのサイレンの音を思いだした。急に胸騒ぎがし、須田のマンションに急いだ。

須田のマンションの前に赤色灯を点滅させたパトカーが何台も停《と》まっている。

マンションの前に規制線が張られていて、現場検証が行われていた。

聞き込みをしている捜査員の中に、顔見知りの小岩南署の刑事を見つけ、川嶋は声をかけた。

「何があったんだね」

「あっ、川嶋さん」

捜査員は応じて、

「人殺しです。このマンションに住む須田大輔という男性がマンションを出たところで襲われたんです」

「須田が？　で、容態は？」

「通報で駆けつけたときは、すでに亡くなっていました」

「亡くなった……」

川嶋は茫然《ぼうぜん》としたが、

「犯人は？」

と、きいた。

「わかりません。ただ、野球帽を目深にかぶり、マスクをした大柄な男がマンション前から足早に去っていったのを帰宅したマンションの住人が見ていました。おそらく、その男が犯人だろうと……」

「凶器は？」

「刃物です」

捜査員は答えて、

「すみません、向こうで呼んでいますので」

と、別の捜査員のほうに走っていった。

須田が殺された……。川嶋は混乱していた。

翌日、須田の殺害時の状況が小松川中央署の捜査本部にも入ってきた。

須田は午後七時半ごろ、マンションのエントランスを出たところで、いきなり何者かに襲われて胸と腹を刺され、マンションの横の暗がりに倒れ込んだ。

その直後、同じマンションの住人が帰宅したとき、野球帽を目深にかぶり、マスクをした男がマンション前から足早に去っていくのを見ていた。

しかし、その住人はマンションの横に倒れている須田には気づかず、そのままエントランスに入った。

その住人が帰宅したのが七時半だということから、犯行時刻が特定出来た。

それから、三十分以上経って、別の住人がマンションの横で倒れている須田に気づき、一一〇番通報した。

最初に小岩南署の捜査員が駆けつけたが、すでに事件発生から一時間近く経っていた。

ＪＲ小岩駅、都営新宿線篠崎駅などで聞き込みをしたが、野球帽を目深にかぶり、マスクをした男の目撃者は見つからなかった。商店街の防犯カメラにも映っていなかった。

途中で野球帽を脱ぎ、マスクを外し、返り血を浴びた衣服を着替えていた可能性もあり、またどこかに車を用意していたことも考えられる。

焦点は、須田の殺害が高井秋人殺害事件に関連しているかどうかだった。吉富純也を逮捕した捜査本部は関連を否定した。

川嶋は手を挙げ、発言を求めた。

「この半年間で、『夢の回収本舗』の今川修三、高井秋人、須田大輔の三人が殺されています。これは異様です。この三件は関連があると考えるべきだと思います」

「待ちたまえ」

捜査主任が口を開いた。

「今川修三は轢き逃げに遭ったのだ。高井秋人を殺したのは吉富純也だ。須田の件とどう関連があると言うのだ？」

「今川修三の轢き逃げは、高井秋人と須田大輔の共謀の可能性があります」

「そんな証拠がどこにある？」

「状況証拠です」

「状況証拠？」

「雨の中、高井は銀座に行く今川修三にタクシーで行こうと誘い、京葉道路の上り車線に出るために横断歩道を渡りかけました。そこに、盗難車が走ってきたのです。その盗難車を運転していたのが須田大輔の可能性があり……」

「そんな証拠はありません」

叫んだのは田尾だった。

「今の考えは、吉富の弁護人の鶴見弁護士の主張なのです。吉富を無罪に持っていこうとする弁護士の言い分を真に受けて……」

「確かに証拠はありません。しかし、その後に起きた高井と須田殺しを考えれば、無下にするわけにはいかないと思うのです」

「高井と須田に、今川修三を殺す動機があるのか」

捜査主任がきいた。

「四月の終わり頃、今川修三が酔って、『高井の奴、タタキをしやがって』と口にしたのを妻の比奈子が聞いていたそうです。そのタタキこそ、足立区の強盗殺人事件です。このことで、今川修三と高井の間に確執が生じたのではないでしょうか」

川嶋は訴える。

「鶴見弁護士は」

再び、田尾が口を開いた。

「今川修三は高井と須田に轢き逃げに偽装して殺された。その後の殺人は今川修三が殺されたことに対する復讐《ふくしゆう》であり、だから高井殺しは吉富ではないというのが鶴見弁護士の主張なのです。何が何でも殺人者を法網から逃そうとする弁護士が思いつきそうなストーリーです」

　田尾は息継ぎをし、

「須田を殺したのは昔の半グレ仲間とも考えられます。へたに、今のような考えを向こうの捜査本部に伝えたら、捜査を混乱させるだけです」

　と、言い切った。

　田尾の意見が趨勢《すうせい》を占めて、川嶋は思わず拳を握りしめた。

　このまま突き進めば必ず後悔する。川嶋は思わず叫びたくなったが、無駄だと諦めた。

「もし、今川修三が高井と須田に殺されたのだとしたら、高井と須田は復讐されたということになるな」

　それまで黙っていた課長が口を開いた。

「その場合、誰が復讐をしていると言うのだね。そんな人物がいるか」

「それは……」

　川嶋の声は詰まった。

「奥さんかね。しかし、奥さんは愛人がいる。今川修三の仇《あだ》を討とうとする人間はいないではないか」

「今川修三の愛人です」

「愛人が復讐など考えられないな。現に、目撃されているのは男だ。愛人に協力する男がいたとでも言うのか」

「…………」

川嶋は反論出来なかった。

鶴見弁護士の主張はすべて否定されたのだった。

第四章　有松にて

1

十一月二十六日午後二時前、京介は小松川中央署の受付前の長椅子に腰を下ろした。

須田大輔が昨夜殺されたことを知り唖然とした。

まさか、須田までという思いがあった。しかし、須田は盗難車を運転し、今川にぶつかっていったことが疑われる男だ。殺害される可能性にも心を配るべきだったと後悔した。

事件の解明に当たり、須田は重要な存在だった。須田の口から特殊詐欺の件も闇バイトの件も明らかになるはずだった。

高井を殺したのは、栗林の前でイチローと名乗ったきつね目の男だ。吉富が駅で見かけた男の特徴はイチローと名乗った男にそっくりだ。

おそらく、須田を殺したのも同じ男であろう。しかし、彼の背後に、今川修三の愛人がいる。

　ふたりを殺すように命じたのは中越ちづえだと京介は確信している。ちづえと話していて、ときおり彼女から鋭い刃のような激しいものを感じた。

　しかし、彼女を問い詰める術《すべ》はなかった。仮に問い詰めることが出来たとしても、きつね目の男が勝手にやったことだと言うだろう。

　きつね目の男を見つけることも難しい。

　ようやく、受付から呼ばれ、京介は接見室に向かった。

　吉富は少し疲れたような顔をしていた。逮捕から十一日、さらに十日間の勾留延長になるだろう。

「何かありましたか」

「なんだか、急に取調べがきつくなって」

「きつくなった?」

「口調も荒っぽくなっていました」

「そうですか」

　須田の件の影響だろうかと気になったが、

「いいですか。そのような取調べにくじけてはいけません。やっていないものはやっていないと主張すればいいのです」

「でも、何度も何度も同じようなことをきかれていると、何も考えられなくなってきて、つい相手の言うことに頷きそうになって。そうすれば、楽になるかと……」

「吉富さん。裁判になれば、私はこちらの主張が認められると思っています。裁判官や裁判員にはあなたが無実だとわかってもらえる自信はあります」

京介は吉富を励ますように言い、

「ただ、警察や検察はあなたがやったと思い込んでいて、冷静さを欠いているように思えます。ここで警察や検察に迎合して、やっていないのにやったと言ってしまうと、裁判官や裁判員の心証を悪くします。絶対に、やっていないのにやったと言ってはいけません」

と強く説き、さらに続ける。

「いいですか。比奈子さんもあなたの無実が明らかになるのをずっと待っているのです。あなたのことを心配し、寂しさで胸が締めつけられる思いを耐えているのです。比奈子さんのためにも、負けてはいけません」

「わかりました」

吉富は大きく頷き、

「すみません。弱気になって」

と、頭を下げた。

「無理もありません。毎日、責め続けられる苦しみは大変なものでしょうから。でも、私は闘います。あなたも闘い続けてください」

「わかりました」

「では、また来ます」

京介は接見室を出た。

それから刑事課の川嶋巡査部長に面会を求めた。

川嶋はすぐに会ってくれた。

「須田大輔が殺されたそうですね」

京介は真っ先にそのことをきいた。

「ええ」

「どういう状況で殺されたのでしょうか」

「昨夜、須田は夜の七時半ごろマンションを出ました。そこに待ち伏せていた犯人に刃物で胸と腹を刺されたようです」

川嶋は一呼吸おいて、

「現場から逃げるように立ち去った男が目撃されています。野球帽を目深にかぶり、マスクをしていたようです。大柄だったと」

高井を殺したと思われるパーカーの男に背格好は似ているが、それだけでは同じ人物かどうかはわからない。

だが、一連の流れを考えれば、同じ男だと推察される。

「小岩のスナック『ハーフ&ハーフ』で、須田の五月十九日のアリバイを確認しましたが、その夜、須田はスナックに現れていないことがわかりました」

「やはり、そうですか」

「これで、今川修三を殺したのは高井と須田で、ふたりはその復讐に遭ったという線が濃厚になったと思います」

川嶋は言ったあとで、表情を曇らせ、

「ただ、この考えは捜査本部では誰も受け入れてくれません」

と、捜査本部の様子を語った。

「いったん思い込んだことを修正するのは容易ではありませんね」

京介は溜め息をついた。

「小岩南署の捜査本部のほうは、捜査が進んでも容疑者が浮かばなければ、高井の事件との関係に目を向けてくるはずです」

川嶋は言い、

「そうなったら、こっちの捜査本部も高井との関連に気づかされるでしょう」

と、期待を口にした。

「そうですね」

「そうは言っても、須田を失ったことは大きいですね」

川嶋は眉根を寄せ、

「『夢の回収本舗』が特殊詐欺の拠点であることや、ときには強盗を指示していたことを証言出来る人物でしたからね。うまく証拠を隠したものです」

と、悔しそうに言った。

「最後の鍵は中越ちづえです」

京介は言う。

「彼女の復讐でしょうか」

「そう思います。彼女の今川修三に対する思い入れは尋常ではないように思えました。歪んだ愛情とも違いますが、ふつうではありません」

京介は、ちづえの冷たい微笑みを思いだした。

「彼女を問い詰めてもおいそれとしっぽを出さないでしょうが、それでも彼女と対峙《たいじ》することで何かわかるかもしれません」

「警察としては何も出来ませんが、私ひとりで出来ることがあれば仰ってください」

川嶋は言う。

「なぜ、そこまで？」

京介は川嶋に感謝しながらきいた。

「私も吉富はシロだと思っているんです。しかし、捜査の流れを前に、自分は意見を強く言えませんでした。そのことを悔やんでいるのです」

「ええ。捜査本部では異端視されているのですか」

「でも、鶴見弁護士の犬だと陰口を叩かれ、重要な捜査からは外されました」

川嶋は苦笑した。

「でも、鶴見先生が私が正しかったことを証明してくれる。そう信じています」

「はい」

京介は気を引き締めて頷いた。

翌日、京介は中越ちづえに電話を入れた。

「はい、もしもし」

「弁護士の鶴見です」

「先生ですか。何か」

「またお話をお伺いしたいのですが、お時間を作っていただけないでしょうか」

「また、この前と同じ話ね」

「ええ」

「わかりました。どこに行きましょうか」

「指定の場所までお伺いいたします」

「じゃあ、銀座の『夜の扉』ではどう」

「バーですか」

京介は溜め息混じりに、

「バーでは、他の方の耳がありますので」

と、変更を頼んだ。

「あら、ひとに聞かれちゃまずい話なの。私は別に聞かれても構わないけど」

「他のひとの名前も出たりしますので」

「そう、わかったわ。じゃあ、先生の事務所にお伺いします」

「事務所に来ていただけるのですか」

京介は耳を疑った。彼女にはいわば、敵地になるのだ。

「ええ」

あっさり答える。

「そうしていただけると助かります」

京介は場所を教えた。

「じゃあ、今日の五時でいいかしら。仕事を早く切り上げますから」

「だいじょうぶなんですか」

「ええ、我が儘《わがまま》がきくので」

彼女は今どんな仕事をしているのか聞いていなかった。

「では、お待ちしています」

電話を切ったあと、京介は改めて彼女が事務所まで来るという意味を考えた。自信の表れか。京介への挑戦のつもりか。

五時きっかりに、ちづえは事務所に現れた。ボブヘアで、タートルネックのセーターの上に白っぽいジャケット、スレンダーな体によく似合っていた。

「よくいらしてくださいました」

京介は執務室に通し、応接セットのソファーを指し示した。

テーブルをはさんで向かい合った。

「紅茶かコーヒー、どちらがよろしいですか」

帝国ホテルの喫茶室で、紅茶を頼んでいたことを思いだし、念のためにきいた。

「いいえ。今日は飲み過ぎなので、結構です」

ちづえは平然と断った。

「そうですか」

京介は扉を開けて事務員に飲み物はいらないと告げて、ちづえの前に戻った。

「さっそく、お話をお伺いしましょうか」

ちづえは促した。

「まず、お知らせですが、一昨日の夜、『夢の回収本舗』の須田大輔さんが殺されました」

京介は口を開いた。

「須田さんが？　何があったんでしょうね」

ちづえは含み笑いをした。

「心当たりはありませんか」

「いえ。でも、半グレのときの仲間にやられたのではないですか」

「この半年で、『夢の回収本舗』の三人が殺されました。異様だと思いませんか」

「そうね。でも、半グレのことはわかりません」

「五月十九日の夜、今川修三さんが轢き逃げに遭った日のことですが、須田さんはその時刻、小岩のスナックにいたと言っていました。でも、それはおそらく嘘だとわかりました」

「それが？」

ちづえは表情を変えずにきき返した。

「証拠はなく、憶測でしかありませんが、盗難車を運転し、高井さんと示し合わせて、横断中の今川さんに……」

「やめてください」

ちづえは眦《まなじり》をつり上げた。

「思いだすのさえ、辛いのです」

ちづえは俯いた。

「すみません。ただ、今川さんの轢き逃げが高井と須田の共謀によるものだとしたら、このふたりが殺されたのは同じ人間の仕業だと……」

「憶測の話をされても困ります」

「あなたは今川さんの奥さんの愛人、吉富純也さんの顔を知っていましたか」

「知りません。興味ないですから」

ちづえは首を横に振る。

「あなたは奥さんと円満に暮らしている今川修三さんの愛人という生き方を望んだのでしたね」

「ええ」

「そういう考え方だと、奥さんの愛人に対しては、不愉快な気持ちだったのではありませんか」

「確かに、面白くなかったわ。でも、それだけ」

「さっきは興味がないと仰っていましたが」

「矛盾していますか。していないでしょう」

ちづえは微かに微笑んだ。

「愛人がどんな男か見てみようと思ったことは？」

京介はなおもきいた。

「ありませんよ」

「十一月八日の夜八時半ごろですが、あなたは平井駅で、二十七、八歳の男と会っていませんでしたか」

「いいえ」

ちづえの顔色は変わらない。

「吉富純也さんは高井さんの事務所から駅に戻ったとき、自分に向けられている視線に気づいたそうです。視線の主は女性でした。あなたの写真を見せたところ似ていると」

「写真ってどれですか」

ちづえは落ち着いてきく。

京介はスマホに画像を表示させた。

「まあ、これ」

「ええ、去年の十月二十日、知多半島のホテルでの……」

「盗み撮りね」

「ええ」

「髪を長くしているわ。今と雰囲気が違うでしょう。この写真と今の私が似ていると思えるかしら」

　ちづえは冷笑を浮かべ、

「きっと、鶴見先生が似ていると思いませんかときいたから、相手も似ていると答えたんですよ。そういうの、誘導尋問って言うんじゃないですか」

　と、臆することなく言う。

「あなたではないと仰るのですね」

「ええ、私じゃありません」

「あなたに似た女性が会っていた二十七、八歳の男の顔を吉富は覚えていました。きつね目だったそうです」

「きつね目ですか。そういう目付きの男性、よく見かけます」

　まったく動じることはない。ほんとうにひと違いだと思わせる態度だ。

「今年の四月十日、足立区の強盗殺人事件で捕まった栗林優太という男が闇バイトで知り合ったきつね目の男といっしょに民家に押し入ったと供述しているのです。そのきつね目の男がハンマーで住人の高齢女性を殺したと」

「きつね目の男は多いということですか」

ちづえはしたり顔で言う。

「この足立区の強盗殺人事件は、高井秋人と須田大輔が今川修三さんに内証で闇バイトを使って……」

「先生、これ以上、私に関係ない話を聞かされても苦痛なだけなんですけど」

「わかりました」

京介は迷っていたが、

「今年の十月二十日、あなたは一年前の旅行と同じコースを辿ったということでしたね」

「ええ。彼との思い出の場所をひとりで」

「まったく同じコースを?」

「そうです。涙を流しながら」

ちづえはしんみり言う。

「それじゃ、周囲のひとに不審がられたでしょう」

「ええ。そうそう、有松・鳴海絞会館で、有松絞りの実演を見ていて急に涙が込み上げてきて、係の女性に声をかけられました。四十代の丸顔の女性。やさしさに甘えて、つい彼とのことを話してしまったわ」

「そうですか。話を聞いてもらって、だいぶ気も落ち着いたでしょうね」

「ええ。でも、そのあとに桶狭間古戦場跡に行ったんです。今川義元の墓の前で、彼がへんなことを言っていたことを思いだして」

「へんなこと？」

「今川義元が死んだのが四十二歳。彼が四十四で、同い年ぐらい。義元を斃《たお》した信長もあえない最期を遂げている。戦国武将の末路は悲惨だと言い、今だって戦国のようなもので、だって常に何かと闘っているからなと。なんだか、今川義元と自分を重ねているような気がして、不安になったわ」

ちづえは溜め息をつき、

「そんなことを思いだして説明文を見たら、今川義元が殺された日が五月十九日。彼が死んだ日が旧暦の違いはありますけど同じだったことに運命を感じたわ」

ちづえは目を細めた。

ひょっとして、ちづえはそのとき、心の中で何かが弾《はじ》けたのではないか。思い出を辿る旅は、復讐の決意を固める旅でもあったのでは……。

「同じコースを辿ったとすると、その夜の宿泊も知多半島の同じホテルだったのですか」

「ええ」

「行きの新幹線の時間も同じに？」

「ええ、朝九時の新幹線で名古屋に」

「でも、思い出を辿って旅をして、よけいに悲しみが湧いてきたのでは？」

ほんとうは、怒りが湧いてきたのではないかとききたかったのだ。

「ええ、そのとおりね」

「これから、あなたはどんな人生を歩まれるのでしょうか」

「生きる屍《しかばね》かしら。もう二度と喜びも仕合わせも感じることなく、ただ彼との思い出とともに……」

「いけません。あなたはまだ若いんです。新しい生き方を見つけるべきです」

「いいんです、これで。彼と出会ったことが私の人生のすべてなんです」

自首をし、罪を償って新しい人生をと口に出かかったが、まだちづえの犯行とわかったわけではない。

「もういいかしら」

「ええ、お時間をいただいてすみませんでした」

ふたりは同時に立ち上がった。

ドアの外まで見送ったが、さっそうと引き上げていくちづえの後ろ姿は自信に満ちていた。

2

翌日の二十八日、京介は新幹線の『のぞみ』を名古屋で降りた。中越ちづえが歩いたコースは若槻恵のコースとほぼ同じだ。恵から、改めて行程を聞いてきた。

名鉄名古屋線で有松に行った。京介は江戸時代の雰囲気を醸しだす町筋を歩き、東海道の旅人が有松絞りを土産に買い求めていく姿を想像していると、有松・鳴海絞会館が現れた。

京介は中に入った。階段の壁に大きなパネルがあり、絞りの工程や絞り技法の種類などの説明があった。

二階に上がると有松絞りの実演コーナーがあった。今は、実演の時間ではなかったが、伝統工芸士の女性がふたり、実演の準備をしていた。

四十代の丸顔の女性は見当たらない。

京介は一階に下り、展示即売所に行ってみた。

そこに、四十代と思える丸顔の女性がいた。

「ちょっとよろしいでしょうか」

　声をかけると、丸顔の女性が笑顔を向けた。優しそうな感じから、この女性に違いないと思った。

「私は東京からやってきた弁護士の鶴見と申します」

　京介は名刺を出して、

「十月二十日、中越ちづえという若い女性が実演コーナーで泣きだし、係の女性に声をかけられて、親切にしてもらったと言っていました」

と、説明した。

「ああ、あの女性ですね」

「ひょっとして、声をかけたのは？」

「ええ、私です。ひとりでやってきた若い女性がいきなり泣きだしたので、驚いて声をかけたのです」

「それで、話を聞いてあげたのですね」

「ええ。愛していた男性を亡くされたそうですね。ふたりで旅行をしたときと同じコースを辿っていると言ってました」

　そう言って、さらに続けた。

「常滑をまわって、それから有松に来たそうです」

おやっと思った。

何か違う。そう思いながら、すぐには気がつかなかった。今の女性の言葉に何か違和感を覚えたのだ。

常滑をまわって、それから有松に来た……。

常滑から有松にやってきたということだ。

しかし、若槻恵は最初に有松を訪れているのだ。

「すみません。その女性がここにやってきたというとだ。

「二時過ぎだったと思います」

やはり、午後だ。

「その後、その女性はどうしましたか」

「桶狭間古戦場跡に行くと言ってました。そこも、彼といっしょに行ったところだそうです」

京介は礼を言い、会館を出た。

すぐにスマホを取り出し、若槻恵に電話をした。

「はい」

「鶴見です。今、よろしいですか」

「ええ、何か」

「去年の十月二十日の旅行の行程について、もう一度確認させてください。名古屋に着いて、最初に訪れたのが有松ですよね」

「ええ、そうです」

「記憶違いということはありませんか」

「間違いないですよ」

「すると有松は午前中に散策したのですね」

「そうです」

「そして、有松・鳴海絞会館で、今川修三さんと愛人の女性を見かけた?」

「ええ」

「その後、常滑に行き、そこでもふたりを見た?」

「ええ、土管坂ですれ違いました」

「それは昼過ぎですね」

「そうですよ。常滑で昼食を摂りましたから」

恵は言ったあと、

「それが、どうかしたのですか」

「じつは今、有松に来ています」

「まあ、有松に?」

恵は驚いたようだ。

「今年の十月二十日に、愛人の女性は今川修三さんとの思い出を辿る旅に出ているのですが、どうやら彼女が有松にやってきたのは午後なんです。午前中に常滑に行き、そのあとに有松にやってきているんです」

「順番が逆ということですか」

「そうなんです。思い出を辿る旅なのに、どうして順番を変えたのか……」

京介は疑問を口にした。

「そんなことが重要なんですか」

恵が不思議そうにきいた。

「ふつうに考えれば、まったく同じコースを辿ると思うのですが」

「なにか事情があって変えただけだと思いますが」

恵は軽く考えているようだ。

確かに、深く考えることではないのかもしれないが……。

「そうですね。わかりました。すみませんでした」

「有松で何をなさっているんですか。愛人の行動を調べて何を？」

「念のための確認です」

曖昧に答え、京介は電話を切った。

ちづえが順番を変えているのは間違いない。勘違いしたのか。そんなはずはないだろう。愛する男との思い出を辿る旅なのだ。

その旅で、ちづえに復讐を決心させる出来事に遭遇した。京介はそう考えていた。

復讐を決心させる出来事とは何か。


三十分後、京介は有松から歩いて桶狭間古戦場跡にやってきた。

公園の入口を入り、奥に進むと今川義元の墓があった。樹木のそばに岩を積み上げたような墓だった。

織田信長の奇襲に遭い、沓掛《くつかけ》城に退却しようとした義元が殺されたのがこの地である。説明文には確かに、「永禄三年（一五六〇）五月十九日に織田信長の奇襲に遭い、ここで倒れた」と記されている。

五月十九日夜、今川修三は轢き逃げされて殺された。ちづえはこの場に立ち、改めて怒りが込み上げてきたが、復讐まで考えてはいなかった。だが、ここできつね目の男と出会ったのではないか。ナンパ目的で声をかけられたのかもしれない。

ふつうなら無視するところを、ちづえはきつね目の男を利用しようと考えた。

ちづえは思いがけず強力な味方を得たことで、復讐の炎が燃え上がったのではないか。

そう考えたが、有松と常滑の順番を変えたことがひっかかった。

十月二十日、ちづえがこの場所にやってきたのは午後三時前後だろう。

ちづえは午後三時にこの場所に来る必要があったのではないか。そのためには、有松、常滑の順では無理だ。

つまり、ちづえはここできつね目の男と待ち合わせをしていたのではないか。

その時間に、他にも観光客などがいただろうが、その観光客を見つけ出すことは不可能だ。また、美人のちづえに関心を持ったとしても、きつね目の男にまで注意が行ったかどうか。

しかし、ちづえときつね目の男の関係となるとわからない。わざわざ、このような場所で待ち合わせたのはなぜか。

京介は東京に戻り、的場成美に電話をした。

翌日の午後、京介は成美について東京拘置所に行き、共同弁護人の体裁で栗林優太と接見した。

栗林は色白でいかにも弱々しそうで、強盗など出来るような男に見えなかった。

「この前、お話しした鶴見弁護士よ」

成美が紹介する。

栗林はぺこりと頭を下げた。

「私が受任している被疑者の事件に、きつね目の若い男が関わっている可能性が高いのです。足立区の強盗殺人事件でイチローと名乗った男と同一人物かどうか証拠はありませんが、私は同じ男だと睨《にら》んでいます」

京介は説明し、

「そこで、あなたにイチローと名乗った男について、どんなことでもいいので何か思いだしてほしいのです」

と、訴えた。

「ほんの短い時間、いっしょにいただけなので何も……」

栗林は気弱そうに俯いた。

「あなたが気づいていないだけで、何かを見たり、聞いたりしているかもしれません」

「栗林くん。その男さえ見つかれば、あなたへの疑いは晴れるのよ。いっしょに思いだしましょう」

成美が励ます。

「はい」

「あなたは闇バイトにスマホから応募したのですね」

「そうです。それから、スマホで細かいことまで指図されて……」

「あなたがジローを名乗るように言われたのはいつのことですか」

「事件の日です。まず、北千住のルミネの前でイチローという男と会えと。その際、ジローと名乗れと」

「で、イチローにはあなたから声をかけたのですか」

「いえ、向こうからです。野球帽をかぶった大柄な男に、ジローかときかれ、そうだと答えたらイチローだと」

　栗林は怯えたように話す。

「野球帽をかぶっていたのですか」

「ええ」

「どこのチームのか覚えていますか」

「いえ、大リーグの球団だったと思いますが」

「はじめてイチローを見た瞬間、どんな印象を持ちましたか」

「大柄で、目が吊りあがって無気味な男だと」

「名乗り合ったあと、何か話をしなかったのですか」

「指示役の男から、よけいな話はするなと言われていたので」

「それでも、何か話はしなかったのですか」

「何度か向こうから話しかけられたのですが、どんなことだったか思い出せないんです」

強盗に押し入る前だ。緊張と恐怖から、話したことは記憶にないのかもしれない。

その後、何か記憶を呼び戻すとっかかりになるようにいろいろきいてみたが、やはり満足な答えはなかった。

「すみません」

栗林は頭を下げた。

「いえ」

京介は気にしなくていいと慰め、

「強盗に押し入る家のことは、指示役から説明を受けたのですね」

と、話を切り換えた。

「ええ、押し入る家の住所と苗字《みょうじ》を告げられ、昼間は高齢の女性がひとりだけで、家にはまとまった金があるからと」

「同じことはイチローのほうにも告げられていたのですよね」

「そうです」

「高齢の女性がひとりだけなのに、なぜイチローはハンマーを用意していたんでしょうかね」

「そうするように言われたみたいです」

「ハンマーの話はしたのですか」

「不思議だったんできいたら、ハンマーを用意するように指示されたそうです」

「ハンマーはどこのメーカーのもの？」

京介は成美にきいた。

「旭機械工具という会社の片手ハンマーよ。警察は栗林くんが横浜にあるホームセンターで購入したと決めつけているけど、栗林くんが買い求めたという証拠はないの。それに、凶器のハンマーがそのホームセンターで売られたものかもわからないの。ただ、若い男が買っていったというのを、栗林くんだと決めつけているの」

成美は憤慨した。

それは吉富純也の場合も同じだ。

「旭機械工具はどこにある会社？」

「豊橋《とよはし》市よ」

「豊橋？　愛知県か」

ふと、有松を思い浮かべた。

ハンマーのメーカーが豊橋市にあるからと言って、イチローがそっちのほうの人間だということにはならないが……。

しかし、もしそうだとしたら、イチローは豊橋市かその周辺の地域のホームセンターでハンマーを購入したのかもしれない。

そして、イチローと、中越ちづえが平井駅で会っていたきつね目の男が同一人物だとしたら、桶狭間古戦場跡で待ち合わせた相手はイチローだったと考えられる。

古戦場跡でちづえがきつね目の男と待ち合わせたというのは京介の憶測に過ぎないが、きつね目の男がイチローだとしたら、ちづえの行動に説明がつく。

もっともその前提として、ちづえはイチローの正体を知っていなければならない。だが、ちづえは『夢の回収本舗』の事務所に何度か顔を出している。そのとき、闇バイトの名簿を盗み見していたのではないか。

ちづえの有松の旅行はイチローに会うのが目的だった。

「だいぶ見えてきました」

京介は思わず呟いていた。

だが、イチローがどこの何者であるかの手掛かりはない。

刑務官が接見時間の終了を知らせた。

「イチローは必ず見つかります。希望を持ってください」

京介は栗林を励まし、拘置所をあとにした。

成美とともに虎ノ門の事務所に戻り、京介は成美に自分の考えを話した。

「おそらく、イチローと名乗ったきつね目の男は名古屋から豊橋近辺に住んでいるんじゃないかと思う。イチローは地元のホームセンターでハンマーを購入し、強盗をするために上京したんだろう」

「凶器のハンマーを豊橋周辺のホームセンターなどに持ち込んできこめば、どこで売ったものかわかるかもしれないけど、警察が今さらそんな捜査要求を呑んでくれないでしょう」

成美は悔しそうに言った。

「無駄だろうが、そのことを警察に訴えておいたほうがいい」

「ええ、そうするわ」

「すべての鍵は、中越ちづえが握っている。きつね目の男の正体を知っているのは彼女しかいない」

須田大輔まで殺された今、足立区の強盗殺人事件の真相を知っているのは、ちづえしかいない。

「こうなったら、彼女に正面から当たるしかない」

しらを切られるのをわかっていながら、京介はちづえにぶつかっていこうと思った。

3

翌日の昼過ぎ、中越ちづえが虎ノ門の事務所にやってきた。

「また、お呼びたてして申し訳ありません」

京介は詫《わ》びてから、応接セットのソファーに座るように勧めた。

余裕の笑みを浮かべ、ちづえはスマートな仕種でソファーに腰を下ろした。

「何か飲み物は？」

「結構よ。それより、早く用件を」

「わかりました」

京介は応じ、

「一昨日、有松と桶狭間古戦場跡に行ってきました」

と、切り出した。

「………」

ちづえは不審そうな顔をした。

「確かに、あなたは十月二十日の午後二時ごろ、有松・鳴海絞会館に行っていました。そのとき、あなたに話しかけた係の女性にもお会いしてきました」

「私の行動を調べに行ったのですか。なんで、そんな真似を？」

ちづえは呆れたようにきいた。

「はっきり言います。その傷心旅行で、あなたは今川修三さんの復讐を思い立ったのではないかと考えたのです」

「復讐ですって」

ちづえは嘲笑するように口元を歪め、

「私は彼との思い出の地を巡っただけ」

「あなたは一年前の十月二十日、今川修三さんと有松とその近くにある桶狭間古戦場跡を見てから常滑に行ったのですね。それは今川修三さんの奥さんの友人たちが辿ったのと同じコースでした」

「そのようですね」

「今年の十月二十日、あなたは今川修三さんを偲びながら同じコースを辿った。だが、有松・鳴海絞会館では悲しみを抑えきれなくなった……」

「ええ。楽しかった思い出ばかり蘇ってきて。そしたら急に込み上げてきて泣きだしてしまったのよ」

「その気持ちはわかるような気がします」

「だったら、まさか、そのときの悲しみの涙が復讐を決意させたと言うのかしら」

「いいえ。復讐心が芽生えるとしたら、桶狭間古戦場跡のほうがふさわしいと思いました。今川義元の墓の前に立つと、義元と今川修三さんが重なってきたのではないか。死んだ日も同じ五月十九日」

京介はさらに続ける。

「今川義元を討った織田信長は後年、本能寺で明智光秀に殺された。今川修三さんを殺した高井秋人と須田大輔はこのまま生き延びていいのか」

「そんなことで復讐を思い立ったと？」

ちづえは信じられないというようにきいた。

「いえ、いくら復讐を誓ったって、あなたひとりの力では無理です。そこで、私はこう考えたのです」

京介は間を置き、

「桶狭間古戦場跡で、あなたは偶然に誰かと出会ったのではないか。それがきつね目の男です。この男は足立区の強盗殺人事件で、高齢の女性を殺した人間です」

と言い、ちづえの顔を見つめた。

「そんな都合のいい偶然があるかしら」

ちづえは含み笑いを浮かべ、

「そんな殺人犯と偶然に出会い、その上私の代わりに復讐をしてくれるなんて」

と、冷ややかに言う。

「仰るとおりです。そんな偶然は考えられません」

京介は否定し、

「去年の十月二十日は、あなたは今川修三さんと新幹線を名古屋で降り、名鉄名古屋線で有松に行ったのですね。そして、桶狭間古戦場跡を見てから常滑に行った。そうですね」

「ええ。何度もそう言ったでしょう」

「しかし、今年の十月二十日は、あなたは最初に常滑に行き、それから有松に行っていますね」

「…………」

「どうしてですか」

「別に大した意味はないわ。どっちを最初に行こうが、私の勝手でしょう?」

　ちづえは問い返す。

「いえ、違います」

「違う?」

「ええ、ただの旅ではありません。愛した男性との思い出の地を辿る旅なのです。ふたりで廻《まわ》ったコースをそのとおりに辿ってこそ、思い出に触れることになるのではありませんか」

「私はそうは思わなかったわ」

　ちづえは反論した。

「名古屋駅に降り立ったとき、私はまっすぐ有松に向かうつもりだったけど、なぜか常滑の町を彼と歩いた光景が目に浮かんだの。それに誘われるように最初に常滑に向かったのよ。彼との思い出を抱いての旅だから、その思いのままに」

「そうでしょうか」

京介は疑問をはさむ。

「そんなこと、大した問題ではないでしょう」

「いえ、有松を午後にしなければならない大きな理由があったはずです」

「………」

「違いますか」

「なんでしょう？」

「待ち合わせ時間ですよ」

「待ち合わせですって」

「ええ、あなたはきつね目の男と桶狭間古戦場跡で会う約束をとりつけた。男は時間を午後に指定した。おそらく、午前中は仕事があるからと。だから、最初に有松に行けなかったのです」

「そんな見てきたような嘘をつかないでくださいな」

ちづえは吐き捨てるように言った。

「確かに、証拠はありません。私の憶測に過ぎません。しかし、諸々の状況から見て、そうとしか考えられないのです」

「それは鶴見先生の都合のいい解釈ということね」

「あなたは、『夢の回収本舗』の事務所に何度か行ったことがあるそうですね」

「ええ。去年の十月二十日の旅行で、奥さんの友達に見られて、私たちの関係が明白になったので、あまりこそこそする必要はないと思って、事務所に顔を出したわ。それがどうかしたと言うのかしら」

「あなたは、事務所で何か重要なものを見つけたのだと推測しています」

「重要なものとは何かしら」

「闇バイトの名簿と、詳しい情報です」

「鶴見先生はなんでも想像で物ごとを進めてしまうようですね」

「いかがですか」

京介は鋭くきく。

「そんなもの、事務所にあるわけありません」

「今川修三さんたちは、事務所を拠点に闇バイトを募って特殊詐欺をやらせていたのではありませんか」

「まさか」

わざとらしく、ちづえは目を見開いた。

「ところが、高井秋人と須田大輔は広域強盗事件に便乗し、闇バイトを使って強盗をはたらかせようとした。そして、今川修三さんと高井秋人の間で意見の対立がはじまり、高井が勝手に暴走し、今川修三さんを無視して足立区の強盗殺人事件を起こした」

「想像ね」

「ええ、想像です」

京介は素直に受け入れ、

「しかし、大きく外れてはいないと思っています。つまり、あなたは足立区の強盗殺人事件で民家に押し入った闇バイトの人間の情報を摑んでいたのです」

「突飛な話だから、私はどう答えていいか」

ちづえは困惑した顔をして見せた。

「仮に百歩譲って、高井さんが強盗をはたらかせ、彼と確執が生まれたとしても、彼が強盗のことを私に話すと思います？　自分の負の部分は私には隠すんじゃありませんか」

ちづえは反撃し、

「それに、闇バイトの名簿と言いますけど、そんな名簿を見たって、私にはそれが闇バイトのものかどうかなんてわからないわ。それとも、先生はその名簿に、闇バイトという文字が書いてあって、何をしたかまで記されていたとでも？」

「名簿は単なる名簿でしょう。でも、あなたにはそれが闇バイトの名簿だとわかる知識があったんです。今川さんから聞いていて……」

「さっきも言いましたように、彼は私にそんなことは言いません。特殊詐欺をしているなんて言うはずないではありませんか」

ちづえは強い口調になった。

「今川修三さんの奥さんは、高井の奴、タタキをしやがってと吐き捨てた言葉を聞いていました。あなたの前でも今川さんは」

「いえ、彼は私の前ではいつでも紳士だったわ。決して、私に弱みを見せようとはしなかった……」

ちづえは厳しい表情になった。

証拠がないのでちづえを攻めあぐねたが、これは承知のことだ。こっちはここまで調べがついていると知らせることが狙いなのだ。

「今川修三さんを轢き逃げに偽装して殺害したのは高井秋人と須田大輔だと思っています。高井が今川さんを国道まで誘い出し、盗難車に乗って待機していた須田が……」

「やめて。辛いことを思いだしたくありません」

ちづえは耳を塞ぐ仕種をした。

「すみません。気配りが足りず」

京介はあわてて謝った。

ちづえが落ち着くのを待って、

「高井秋人も須田大輔も殺されました。あなたは、このことをどう思っているのですか」

「半グレのときの仲間同士のトラブルでしょう」

「そうですか」

「先生は私がきつね目の男を使って、高井さんと須田さんに復讐をしたと考えていらっしゃるようですけど」

ちづえは間を十分にとり、

「警察はすでに足立区の強盗殺人事件でも高井さん殺しでも犯人を捕まえています。須田さんのほうはまだなようですけど、いずれ捕まるんじゃないですか。そういう状況にありながら、私を疑っている。それなら、私を納得させるだけの証拠を示していただけませんか」

と、落ち着いた口調で言った。

「仰るとおり、証拠はありません。しかし、私はあなたがきつね目の男を使って高井秋人と須田大輔を殺したと思っています」

「どうして、そう思うのかしら。そんなに私が非道な女に見えます？」

ちづえは不敵に笑った。

「いえ、見えません」

「だったら、なぜ？」

「あなたが今川修三さんを心の底から愛していると知ったからです」

「……………」

「あなたと今川修三さんは違う世界の人間だと思います。今川さんは元暴走族で半グレ、あなたはそういう世界とは無縁のお嬢さま。正直に言えば、あなた方は出会ってはいけなかったのです」

京介は言い切り、

「出会ってはいけないふたりが出会い、あなたは最初は反発していたのに惹かれていった。今川さんも最初はあなたを受け入れようとしなかった。住む世界が違うことがわかっていたからでしょう」

「……………」

ちづえは黙って聞いている。

「あなたは別の世界との境界を越え、彼のもとに飛び込んだ。いっときの感情ではないでしょう。心から愛してしまったからです。あなたの愛はそこらの薄っぺらい愛ではない。それこそ、命をかけた愛ではなかったでしょうか。その思いは今川さんにも通じた。

ふたりの間に底知れぬような深い愛が生まれたのでしょう」

　京介は大きく息を吐き、

「ふつうであれば、愛人ではなく、結婚を望むはずです。しかし、あなたは愛人でいいと思った。それは確固たる愛の確信があったからではないでしょうか。結婚という形にとらわれない、家庭というものに重きを置かない。世間から見れば歪《いびつ》な愛でも、あなたにとっては究極の愛だったのでは」

「………」

「そんな中で、今川さんが死んだ。殺されたのです。今川さんがこの世からいなくなった。あなたには、とうてい受け入れられない現実だったでしょう。時が悲しみを癒し、また新たな恋が生まれる。これはあなたには通用しない。今川さんはあなたにとって、唯一無二の男性でした。少なくとも、あなたはそう思っている」

　ちづえは押し黙って虚空に目をやっている。

「おそらく、あなたはこれから先、ずっと今川さんの面影を追いながら生きていくことになるのでしょう。どんなに素晴らしい男性が現れようが、あなたは心を動かされることはない。あなたはご自分で仰いました。生きる屍だと。まさに、そのとおりでしょう」

　京介はさらに追い詰めるように、

「高井秋人と須田大輔は、今川さんを殺したと同時にあなたをも殺したのです」

「鶴見先生」

　ちづえが厳しい顔を向けた。

「だからと言って、私がふたりを殺したなんて飛躍し過ぎじゃありません？」

「十分に動機になりませんか」

　京介は逆にきいた。

「もちろん、殺す動機があるからといって、実際に殺したかどうかは別の問題です。しかし、あなたは……」

「私に疑いをかけるなら、ちゃんとした証拠を示してください」

「証拠はありません」

「証拠もないのに私を犯人扱いするのですか」

「はっきり申しましょう。私はあなたを殺人者として告発するつもりはありません。仮に告発しても警察は受理しないでしょう。すでに犯人を捕まえていますから」

「では、何のために？　吉富を無罪にもっていくため？」

　ちづえは皮肉そうに口元を歪めた。

「いえ、吉富純也はあなたに関係なく無実を勝ち取る自信はあります」

　京介は強気に言い、

「ただ、足立区の強盗殺人事件で、殺人の疑いをかけられた栗林優太は厳しい状況にあります。あなたが自首してくれたら、彼の疑いも晴れます。また、吉富純也も裁判まで行かずに不起訴処分で解放されるかもしれません。中越さん」

京介は身を乗り出し、

「あなたは復讐を果たした。しかし、そのために栗林優太と吉富純也のふたりが窮地に陥っている。もっとも、吉富純也はあなたが意図して犯人に仕立てたのですが、あなたは高井秋人と須田大輔に復讐したことで望みは叶《かな》ったはずです。あなたの気持ちひとつで、栗林と吉富は助かるのです」

と、懸命に訴えた。

「吉富純也は今川比奈子さんの愛人でしょう。無罪になって、晴れて比奈子さんといっしょになるのかしら。修三さん、どう思うかしら」

「安心するんじゃないですか」

「安心？」

「そうです。自分が死んで、あとに残された者がどうなるか、気になるはずです」

「先生、吉富純也は仕事をしていなかったのでしょう。比奈子さんのヒモのようなものではないですか。そんな男といっしょになることを、修三さんは喜ぶかしら」

「吉富純也さんも純粋に比奈子さんを愛していると思います」

「そうかしら」

「それより、今川さんがもっとも気がかりだったのはあなたのことだったと思います。おそらく、今川さんは俺のことは忘れ、また新しい生き方を見つけてほしいと言ったと思います。復讐など望んでいなかったはずです。違いますか」

「………」

「今川修三さんは悲しんでいるんじゃないですか」

「もういいかしら」

いきなり、冷めた声で、ちづえは言った。

「言いたいことはお話ししました」

京介は言ったあとで、

「何度も言いますが、証拠はなく、あなたを追い詰めることは出来ませんが、私はあなたがきつね目の男を使って高井秋人と須田大輔を殺したと思っています。そのことに関連して、私はひとつ気にしていることがあります」

「………」

「きつね目の男です。あなたとは一蓮托生《いちれんたくしょう》の身なのです。この男があなたにとって、新たな障害にならないか」

「では、これで失礼します」

強引に京介の話を遮って、ちづえは立ち上がった。

「最後にもうひとつ」

京介も立ち上がってちづえの顔を見つめ、

「おそらく、あなたに捜査の手が伸びることはないでしょう。生きる屍と仰っていましたが、最後まで人生を全うしてください。決して、死んではいけません。これだけは約束してください」

京介が恐れているのはちづえが自殺を選ぶことだった。

ちづえが引き上げたあと、京介は虚しい疲労感に襲われた。吉富純也はちづえの存在を抜きにしても闘える目処《めど》が立っている。

しかし、問題は栗林優太だ。なんとしてでも、『夢の回収本舗』が闇バイトの拠点であったことを証明しなければならない。

何かあるはずだ。京介は懸命にそのことを考えていた。

4

その夜、冷たい風が吹きつける中、ちづえは銀座の並木通りを歩いていた。

華やかに着飾った銀座の女性と初老の紳士が、並んでクラブの看板がたくさん出ているビルに入って行った。

古いビルの前で、ちづえは立ち止まった。少し迷ったが、狭い階段を上がった。

『夜の扉』と書いてある扉を押した。

開店時間の八時になったばかりで、客はまだいなかった。

赤いベストを着た年配のバーテンダーが、

「いらっしゃい」

と、カウンターの向こうから声をかけた。

ちづえはいつも座っていた椅子に腰を下ろした。

「お久しぶりですね」

バーテンダーは微笑んできた。

「五カ月ぶりかしら」

今川修三が亡くなったあと、一度だけ来たことがあった。だが、ずっと泣き通しだったことを思いだした。

「みっともないところを見せてしまって恥ずかしかったわ」

「そんなことありませんよ。何を作りましょうか」

「ウイスキーをロックで」

ちょっと驚いた顔をしたが、

「バーボンでしたね」

バーテンダーは今川修三の好みを覚えていた。

なぜか、今夜は彼が好きだったお酒を呑んでみたくなった。

ロックグラスが目の前に置かれた。

ふと、横に今川修三がいるような気配がした。あわてて見たが、横の椅子は空いたままだった。

グラスに口をつける。

「だいじょうぶですか」

バーテンダーがきいた。はじめてのときのことも覚えていてくれたのか。もう三年も前のことなのにと、ちづえは驚いた。

バーテンダーは今川のことに触れないように気をつかっているようだった。あまり話しかけてこないのも、ちづえの心情を察してのことだろう。

彼がいつも呑んでいたバーボンを呑みながら、しみじみ思い出に浸るのを遠くから見守るように、年配のバーテンダーはときどき視線をくれた。

鶴見弁護士の言う通りかもしれない。自分では今川修三とは出会うべくして出会ったという運命のようなものを感じていたが、ほんとうは出会ってはいけないふたりだったのかもしれない。

今川修三を知って、ちづえの人生は一変した。

最初は不快感しかなかったのに、彼の何がちづえの心を引きつけたのか。なぜあれほど夢中になってしまったのか。自分でもわからない。父を知らず誰かに頼ることもなかった孤独な自分に安らぎを与えてくれた。まるで何かの暗示にかかったようでもある。だが、ちづえは自分なりに答えを導き出していた。

前世にて、自分と彼とは恋人同士だった。だが、何かの妨害により、ふたりは引き裂かれた。それが、今の世で巡り合った。そう信じていた。

いつもは悠然としていた彼が荒れているときがあった。それは今年の四月末ごろだった。酒の呑み方も乱暴だった。

わけをきいても教えてくれなかった。

五月の連休が過ぎた頃、彼が妙なことを言った。

「これを預かってくれないか」

彼が差し出したのはＵＳＢメモリーだった。

「バッグの奥にでも仕舞っておいてくれ」

「これ、何なの？」

ちづえはきいた。

「仕事の大事な情報だ。もし、俺に何かあったら……」

彼は途中で言葉を切った。

「何かあったらって、どういうこと？」

「万が一のことだ。そのときはこの中身を見てくれ。何もなければ、そのままに」

それ以上は、彼はこのことには触れなかった。

意味ありげな彼の様子が気になったものの、小さなＵＳＢメモリーをバッグの奥に仕舞った。

それから十日ほど経ち、五月十九日になった。

あの雨の夜、ちづえはこのカウンターで彼を待っていた。

約束の八時になっても来なかった。九時前に電話がきて、これから事務所を出ると言った。しかし、十時になっても現れなかった。

スマホに電話をしても彼は出なかった。すでに、そのとき、彼は死んでいたのだ。

彼が轢き逃げに遭って亡くなったことを知ったのは翌朝だった。心配して訪れた事務所で、高井秋人から知らされたのだ。

悲嘆に暮れ、すぐにも彼のあとを追おうとしたが、そのとき、預かっていたＵＳＢメモリーを思いだした。

何かあったら、この中身を見てくれと言っていた。何かとは、自分の身に危険が及んでいることを察していたのか。

さっそく、パソコンに差し込み、中を開いた。

そこに驚くべき情報が入っていた。

高井秋人と須田大輔は、今川修三に黙って闇バイトを使って足立区の民家を襲わせ、高齢の女性を殺して八百万円を奪った。

指示役は高井秋人で、現金の回収役が須田大輔。闇バイトは栗林優太と田牧智也《たまきともや》。そして、ふたりの免許証の写しが記録されていた。

最後に、彼からちづえに宛てたメッセージがあった。


――このファイルを開いたということは私はこの世にいないのだろう。君を最後まで守ってやれずにすまない。このデータを警察に渡してくれ。


これを読んだとき、彼は高井と須田に轢き逃げに見せかけて殺されたのだと確信した。

自分を裏切り、勝手に強盗をやらせ、殺人まで犯させた高井と須田に、彼は激しい憤りを覚えていたのだ。

今後、二度と強盗をさせてはならない。もし、再びやったら警察に訴えると、彼はふたりに厳命した。

このことで、高井と須田は彼を殺すことを考えた。その気配を、彼は感じていた。

だから、真実をUSBメモリーに書き込み、ちづえに託したのだ。

彼は警察に渡してくれと言っていたが、ちづえは今川の無念を抱えたまま警察に行く気にはなれなかった。

新聞記事を調べると、四月十日の午後三時過ぎ、若い男が足立区の一戸建て住宅に宅配業者を装って訪れ、玄関の鍵を開けさせて強引に家の中に押し入った。高齢の女性をハンマーで殴打して殺害し、タンス貯金の八百万円を盗んで逃走したとあった。

逃走途中に警察官の職務質問に遭って捕まった男の名は栗林優太（二十四歳）となっていた。

USBメモリーに栗林優太の名があった。

その後の記事によると、栗林は闇バイトに応募し、もうひとりの男といっしょに押し入り、その男が女性を殺したのだと訴えていたらしい。

だが、警察は栗林の単独犯行と断定した。

USBメモリーの内容と栗林の訴えは一致している。栗林の言い分が正しければ、女性を殺したのはもうひとりの男、田牧智也だ。

運転免許証では、彼の住いは愛知県豊橋市となっていた。

いつから復讐心が芽生えたのかははっきりしないが、田牧智也のことを知ったときも、まだその気はなかった。

気持ちが少し動いたのは十月に入ってからだ。そのとき、長い髪を切り、ボブヘアにした。

ちづえは田牧に電話をした。そして、足立区の強盗殺人事件と闇バイトの件を匂わせて、強引に会うことを承知させた。

十月二十日は一年前に彼といっしょに知多半島に旅行に行った日だ。そのとき、彼の奥さんの友人に見られてしまったのだが、かえってそれが幸いだった。

今年の十月二十日に、彼との思い出の地に旅に出たという言い訳が十分に成り立つからだ。

だが、困ったことに田牧智也は、十月二十日はバイト先の都合で午後しか時間がとれないということだった。

仕方なく、午後三時に桶狭間古戦場跡で会うことにした。あくまでも偶然の出会いを演出してだ。

ちづえは有松・鳴海絞会館で、泣きだして係の女性に親切にしてもらった。最初は嘘泣きをして、傷心旅行でやってきたことを印象付けようとしたのだが、ちづえは本気で嗚咽をもらした。

あの涙は芝居ではなかった。

そして、そのあとに桶狭間古戦場跡に向かった。

敷地の奥に向かうと、今川義元の墓の前に若い男が立っていた。大柄で、二十代後半ぐらいの男だ。

ちづえは男に並ぶように立ち、

「イチローさん?」

と、声をかけた。

男は黙って頷いた。

「田牧智也さんね」

「そうだ」

ひとがきたので、ちづえは小さい柱状の石碑のほうに移動した。

説明文には、桶狭間の戦いで、今川義元が戦死した場所を示す、最も古いものであると記されている。

田牧が横に立ったのを見て、ちづえは口を開く。

「あなたが、足立区の強盗殺人事件で高齢の女性を殺したことはわかっているの。指示役の男から聞いたから」

ちづえは嘘を言い、

「あの男、いずれ捕まるわ。そしたら、あなたのことがばれてしまう」

「…………」

「指示役は高井秋人で、現金を回収しようとしてバイクで千住大橋近くで待っていたのが須田大輔。闇バイトであなたを誘い、人殺しをさせた張本人はこのふたり」

ちづえは青ざめた顔の田牧の横顔を見つめ、

「もうひとりのジローという男があっさり捕まってしまい、計画は失敗したけど、仮にうまく行っていたとしても、あなたの手元に入るのは数十万円あるかないか。割に合わないわね」

「…………」

田牧は言葉を失っている。

「なぜ、あなたは女性を殺したの？　殺しの指示はなかったはずなのに、勝手にあなたが……」

「指示されたんだ」

やっと、田牧は口を開いた。

「相手は高齢の女性なのに殺すように指示を？」

「そうだ。広域強盗事件の犯人の仕業に見せ掛けるためだ」

「あなたは断らなかった？」

「断ったら、半グレの仲間がおまえや家族、知り合いに何をするかわからないと脅されたんだ。奴らに俺の住所も何もかも知られていたし……」

田牧は悔しそうに言う。

「憎いでしょう、このふたりが？」

田牧は頷いた。

「どうする？　ひとり、五十万出すわ。ふたりで百万。でも、断ってもいいのよ。その代わり、足立区の強盗殺人事件であなたが疑われるのは時間の問題」

「殺《や》る」

田牧は恐ろしい形相で、

「百万円は間違いないんだな」

と、確かめた。

「ええ、約束するわ」

この瞬間、ちづえは復讐の実行を決意したのだ。

ロックグラスを手で揺らしながら、あのとき、田牧が断っていたら、ちづえも復讐を諦めていただろうか、と考えた。

いや、田牧が断れないことはわかっていたのだ。だから、ほんとうはもっと前から復讐を決めていたのかもしれない。

カウンターに客が並び出した。バーテンダーも忙しそうだ。適度な喧騒《けんそう》があり、思いに耽《ふけ》るにはちょうどよかった。

十一月八日に田牧は東京にやってきた。錦糸町のホームセンターでハンマーを購入し、平井駅にやってきたのは七時半ごろだ。

そこでちづえと落ち合った。

場所を教え、計画を確認しているときに、見知っている男が歩いてきた。今川比奈子の愛人の吉富純也だと気づいた。

愛人のことが知りたくて、比奈子のあとをつけたことがある。果たして、日暮里《にっぽり》にあるホテルのロビーで男と待ち合わせていた。そこではじめて吉富を見たのだ。

まさか、そのとき、吉富が高井秋人と会った帰りだとは思わなかった。

ちづえは田牧を送り出した。田牧はトイレでフードつきパーカーに着替えてから事務所に向かったのだ。

それから三十分余りのち、田牧が興奮して戻ってきた。

パーカーを脱ぎ、ハンマーを包んで、ちづえのところにやってきた。

成功したことは、田牧の顔つきでわかった。ちづえはハンマーを包んだパーカーを受け取り、田牧はそのまま改札に入って東京駅に向かった。

そして、最終の新幹線で名古屋に帰った。

ロックグラスが空いた。

「すみません、お代わり」

ちづえはバーテンダーに声をかけた。

「同じものを」

「わかりました」

以前はバーボンのロックなど呑めなかったが、今夜はお代わりまでした。不思議なことに酔いもまわっていなかった。

「どうぞ」

「ありがとう」

ロックグラスがコースターの上に置かれた。片手でグラスを構えた今川修三の姿が蘇った。

高井の遺体は翌日の朝に見つかった。須田が発見したらしい。しかし、警察の現場検証でも、闇バイトを疑われるようなスマホなどは発見されなかったらしい。さすが、須田は抜け目がなく、肝心なものを隠したようだ。

さらに驚いたことに、高井殺しの容疑者として吉富純也が疑われたのだ。そういえば、吉富と田牧は体格が似ている。しかし、似ているのはそれだけだ。

吉富が無実の罪で疑われても、ちづえは心が痛まなかった。今川比奈子の愛人だからだ。

だが、それだけではない。あの男は派遣社員だということだが、今は派遣先がない。仕事をしていないのだ。比奈子に生活を頼っている。まるで比奈子のヒモだ。

ちづえは今川修三の家庭を壊すつもりはなかった。彼にはふつうに家庭を守っていってもらいたかった。自分はあくまでも愛人のままでよかった。結婚し、家庭に収まれば、彼との大事な絆《きずな》が逆に希薄になっていくような気がしていた。

だから、彼の家庭を壊しかねない吉富の存在を疎ましく思っていた。そんな敵意もあって、吉富への疑惑をさらに深めさせるために、凶器のハンマーを吉富のマンション近くに捨てたのだ。

これが決め手になったのか、その後、吉富は逮捕された。

須田に対しても、田牧はうまくやってくれた。自宅のマンションから行きつけのスナックに出かけるときを狙って、マンション脇の暗がりで待ち伏せていたのだ。すべて、ちづえの指示どおりだった。

もちろん、田牧には約束の報酬百万円を渡した。彼を連続殺人犯にしてしまったことに良心の呵責《かしやく》はあったが……。

いずれにしろ、自分の復讐は無事、成功裏に終わったのだ。だが、新たな問題が生じた。田牧だ。だが、これもなるべくしてなったと言えるだろう。

二杯目を空けて、酔いがまわってきた。目がとろんとしてきた。

「だいじょうぶか」

隣の男性が声をかけてきた。

「なんともないわ」

ちづえは答えて、男の顔を見た。

あっと、短く叫んだ。

彼だった。

「どうしてここに？」

「君が心配になってね。俺のために、あんなことしなくてよかったんだ。君には新しい生き方を見つけてもらいたかった」

「私は後悔していない」

「ちづえ」

彼は厳しい声で、

「もういい。自首するのだ。そして、すべてを語ってくれ。そのために、俺の罪が明るみに出てもいい」

「いや」

「だめだ。自首するのだ。このままなら、安穏な暮らしを送れない。それに、あの田牧という男は君の言うとおりに従ったが、このままで済むはずがない。君に何かを要求したはずだ。違うか」

「ええ。俺の女になれ。いやなら、警察に行って何もかも喋ってやると脅してきたわ」

「そうだろう」

彼は厳しい顔で、

「そんな男なら庇《かば》う必要もない。自首するのだ。君はまだ若い。罪を償い、再起を目指すのだ」

「…………」

「USBメモリーを君に託したのは復讐をしてもらいたいからではない。警察に届けてもらいたかったからだ。それが俺の彼らへの復讐だったのだ」

「私は……」

「君の気持ちはわかっている。俺のためにそこまでしてくれてうれしいよ。でも、間違っている。今からでも遅くない。自首するのだ。出来たら、俺もいっしょに行ってやりたいが、それが叶わないのが悔しい」

「修三さん」

ちづえは呼び掛けた。

「そうだ。鶴見弁護士にいっしょに行ってもらえばいい」

「どうして鶴見弁護士のことを知っているの」

「あの世から君のことを見守っているからだ」

思わず、ちづえは嗚咽をもらした。

その自分の声でハッとして我に返った。バーの喧騒の中にいた。隣にはＯＬふうの女性がいて、今川修三の姿はどこにもなかった。

夢を見ていたのか。しかし、生々しかった。彼が現れてくれたのだと、ちづえは信じた。涙があふれてきた。

5

二日後の十二月二日の朝、虎ノ門の事務所に中越ちづえがやってきた。

顔つきが今までと違うので驚いた。険がとれ、清楚な感じになっていた。

電話で自首したいという相談を受けたとき、耳を疑った。一昨日会ったときはすべてを撥ねつけていたのだ。

「なぜ、自首をする気になったのですか」

京介はきいた。

「彼に諭されたのです」

「彼？」

京介はまじまじとちづえの顔を見つめ、きき返した。

「今川修三さんです」

「どういうことでしょう」

「一昨日の夜、久しぶりに『夜の扉』に行ったんです。彼がいつも呑んでいたバーボンをロックで二杯呑んで。酔ったかなと思っていたら、隣に彼が」

ちづえは真顔で言う。

「いつもの優しい口調で……。自首しろと、彼が」

そのときの様子を話した。

夢を見たのかと京介は思ったが、ちづえはほんとうに今川修三が現れたと信じているようだった。

「今川修三さんの言葉で決心したということですが、それまではあなたはどうするつもりだったのですか」

改めて、京介はきいた。

「先のことは考えていませんでした。ただ、新たな障害が出てきて、それを解決しなければならない。それをやり遂げてから……」

「新たな障害とは？」

「鶴見先生が指摘されたとおりなんです。きつね目の男は田牧智也と言い、豊橋市に住んでいます。この男が私に言い寄り、言うことをきかないと警察に自首してすべてをバラすと脅してきたんです」

「やっぱり」

京介もそんな危惧を持っていたのだ。

「なんとかしなければならないと」

「殺そうと考えたのですか」

「田牧智也に襲われ、身を守るために誤って殺してしまったという計画を立てましたが、そこまで考えて唖然としたのです」

ちづえは苦しげな顔になり、

「田牧に人殺しをさせて何とも思わない上に、平気で人殺しを考えている自分に衝撃を受けたのです。そう思ったとき、自分にも罰を与えねばならないと」

と、最後は消えるような口調になった。

「田牧智也を殺し、自分も死のうと考えたのですね」

「ええ。でも、決して死んではいけないという鶴見先生の言われた言葉が胸に刺さっていて……」

大きく息を吐いてから、

「今思うと、バーで隣の席に彼が現れたのは、鶴見先生の言葉が胸に響いていたからかもしれません」

と、ちづえは呟くように言った。

「でも、よく決心をなさいました」

京介は労《ねぎら》い、

「仕事関係など、身の回りの整理はだいじょうぶなのですか」

と、確かめた。

「はい。退職届けは送りました。彼が死んだあと、他の身辺整理はついていましたから」

ひととおり話を聞き、ちづえの自首の決心が本物だと確信した京介は、小松川中央署の川嶋巡査部長に電話をした。

「はい。川嶋です」

ベテランの巡査部長の顔を思い描きながら、

「弁護士の鶴見です。じつは中越ちづえさんが高井秋人、須田大輔殺害の件で自首をしたいと言ってきました」

と、感情を押し殺して事務的に告げた。

「何ですって、自首？」

川嶋の声が大きくなった。

「はい。今は私の事務所におります。これからそちらにお伺いいたします」

「わかりました。では、受付で私を呼んでください」

電話を切り、

「では、行きましょうか」

と、ちづえに声をかけた。


一時間後、京介はちづえを伴い、小松川中央署の玄関を入った。

受付近くに、川嶋巡査部長が待っていた。

「中越ちづえさんです」

京介は引き合わせた。

「中越ちづえです。高井秋人さん、須田大輔さんを殺したのは私です」

ちづえは告白をした。

「詳しい話をお聞きします。どうぞ。こちらに」

「では、よろしくお願いいたします」

京介は川嶋に言い、それからちづえに顔を向け、

「中越さん。何かあったら私を呼び出してください」

と、声をかけた。

「ありがとうございます」

ちづえは京介に向かって深々と頭を下げた。

川嶋がちづえを刑事課に連れていったあと、京介は吉富へ接見を申し入れた。

三十分ほど待たされて、吉富と接見した。

「今川修三さんの愛人中越ちづえさんが、高井秋人殺しで、つい今しがた自首しました」

京介は切り出した。

「ほんとうですか」

吉富の顔に笑みが浮かんだ。

「ええ。彼女は田牧智也という男を使って高井秋人を殺したのです。田牧はあなたが平井駅で見たきつね目の男です」

「じゃあ、私はすぐここから出られるんですか」

「いえ。中越ちづえさんの自白が正しいかどうかの捜査があります。それからですが、勾留期限があと数日と迫っていますから、それまでの辛抱です」

「そうですか」

「でも、もう厳しい取調べもなくなるでしょう」

「先生、ありがとうございました」

吉富は立ち上がって何度も頭を下げた。

京介は事務所に戻ってから、今川比奈子にも真犯人の自首を報告したあと、的場成美に電話をした。

「中越ちづえが自首をした。イチローと名乗った男も捕まるのは時間の問題だ」

「そう、急展開ね」

成美は驚いたように言い、

「よかったわ。鶴見さん、ほんとうにありがとう。栗林も減刑になるわ」

「とりあえず、報告だけ」

京介は電話を切ったあと、ようやく大きく息を吐いた。


二日後、川嶋巡査部長から電話で、田牧智也を逮捕し、取調べがはじまったと知らせがきた。

田牧は高井秋人殺しと須田大輔殺しを認め、さらに足立区の強盗殺人事件への関与も口にしているということだった。

さらに、ちづえの証言により、彼女が住んでいた高田馬場にあるマンションの部屋の押し入れから、田牧が犯行時に着用したというフードつきパーカーを入れたバッグを押収した。パーカーには血痕が付着していた。被害者の高井秋人のものと判定され、さらにＤＮＡ鑑定でパーカーから田牧のＤＮＡが検出されれば、田牧の犯行を立証する大きな物的証拠になるだろうと、川嶋は言っていた。

勾留期限ぎりぎりの十二月六日。吉富純也は「嫌疑なし」で不起訴処分となり、勾留から解放された。

京介は今川比奈子といっしょに吉富を迎えに行った。

警察署の外に出たとき、冬の弱い陽差《ひざ》しを浴びた吉富は空を見上げ、両手を上げて大きく伸びをした。

自由になったという喜びにあふれていた。

だが、京介はその喜びが長く続かないことを知っていた。

比奈子に真犯人の自首を告げると、彼女が事務所にやってきた。

「先生、ありがとうございました」

比奈子は礼を言い、

「やはり、主人の愛人の仕業だったのですね」

と、複雑そうな顔をした。

「はい、中越ちづえです。田牧智也という男を使って、今川さんの仇を討とうとしたのです。そこに、たまたま吉富さんが現れて、疑われたというわけです」

「凶器のハンマーが彼のマンションの近くに捨てられていましたね。あれは明らかに、彼に疑いを向けさせるためですね」

「そうです。でも、事件後すぐではありません。吉富さんが疑われていることを知り、ここでいっきに疑いを深めてしまおうと中越ちづえがハンマーを捨てたそうです」

「なぜ、そんなことを？」

比奈子は不思議そうにきいた。

「中越ちづえは今川修三さんの愛人という立場で満足し、家庭を壊そうとは考えていなかったそうです。むしろ修三さんの家庭が平穏で、仕合わせな生活を送っていてほしいと」

「…………」

「私には理解出来ないところもありますが、彼女には彼女なりの愛の形があったようです。それなのに、奥さんが愛人を作った。修三さんの平穏を乱したことが許せなかったと。特に愛人である吉富純也さんはあなたのヒモ同然だと思い込んでいたようです」

京介はそこまで言い、

「中越ちづえの身勝手な言い分ですが」

と、付け加えた。

だが、比奈子の顔つきが変わってきたことに、京介は違和感を持った。

そして、今日、吉富純也を迎えるために警察署に向かう途中、吉富の容疑が晴れたことを喜びながらも、彼女はこう言ったのだ。

「私、彼とは別れます」

最初は耳を疑った。

彼とは誰のことを言っているのか、とっさにはわからなかった。

「吉富さんのことですか」

「はい」

「なぜ、ですか」

せっかく晴れて、誰にも邪魔されずに付き合うことが出来るのにと、京介は不審に思った。

「中越ちづえさんです」

「…………」

「あのひとは主人のことをほんとうに愛していたんだと思います。だから、殺人まで。あのひとが、吉富さんを陥し入れようとした理由を知ってショックでした」

比奈子は自分を貶むように、

「主人に愛人がいると知ると、私は吉富さんの情にほだされて……。私の主人に対する思いはその程度だったのかと、今から思い起こせば恥ずかしい限りです。家庭を壊すつもりはない、愛人のままでいいという中越さんの愛情に私は負けたのです。彼女は主人が仕合わせな男であってほしかったのです。更生した人たちのトップとして会社を率いていく男だから煩わせたくない。そう思っていたのではないでしょうか」

と一気に言ったあと、大きく息を吐いて続けた。

「じつは、私も主人に対して同じ思いを持っていました。半グレだった過去を背負って生きていく懐の深い男だと信じていました。それなのに主人に愛人がいると知って、私は主人に捨てられると思ってしまいました。それで自暴自棄になって、主人への腹いせのように吉富さんになびいたのです。私が中越さんと同じような気持ちだったら、吉富さんとこんなことにならなかったでしょう」

「…………」

「だから、吉富さんと別れることにしたのです。それに、私といっしょにいては彼のためになりません。中越さんが言うように、仕事をせず、ヒモのような暮らしを当たり前と思うようになってしまいそうです」

「…………」

「私はあくまでも今川修三の妻として、あのひとの菩提を弔っていこうと決心したのです。そして」

比奈子は息を継いで、

「そして、あのひとが愛した中越さんを、これから支えていこうと思うのです」

と、思い詰めたような目を向けた。

「鶴見先生、私からの改めての依頼です。どうか、中越さんの弁護をお願いします」

数日後、京介は中越ちづえと接見した。

そこで、今川比奈子の思いを伝えた。

「奥さんが……」

ちづえは戸惑いぎみに、

「私は奥さんを裏切った女ですよ」

と、呟くように言う。

「あなたの修三さんへの愛の深さが、かえって奥さんの心を打ったようです。愛人の吉富純也さんとも別れたようです。あなたとふたりで、修三さんの菩提を弔っていくつもりだと決意を語りました」

「そうですか……」

「今後、あなたを支えていくそうです」

「私はふたりも殺しているんです。一生、刑務所から出てこられないかもしれません。私などに構わず、どうか新しい道をお進みになるようにお伝えください」

「中越さん、あなたの犯した罪は決して小さくはありません。でも、あなたは自首をし、そのために四つの事件が解決したのです。情状は酌み取ってもらえるはずです」

京介はそう説明してから、

「比奈子さんとふたりで修三さんの菩提を弔っていく。きっと、修三さんも喜ばれるのではないでしょうか」

「………」

「あなたは決してひとりではないんです。今後、比奈子さんは面会や手紙のやりとり、差入れなどであなたと繫がりを持っていくつもりでしょう。ふたりが繫がれば、ふたりの間で今川修三さんは生き続けるのではないでしょうか」

うっと、ちづえは嗚咽をもらした。

「修三さんのためにも、ぜひおふたりでお互いを支えあっていってください」

「わかりました。比奈子さんによろしくお伝えください」

涙を流しながら、ちづえは頭を下げた。

接見を終えて、玄関を出ようとしたとき、背後から声をかけられた。

「鶴見先生」

川嶋だった。

「おかげで、足立区の強盗殺人事件も含めてすべて解決しました」

「いえ、川嶋さんが吉富純也さんの犯行に疑問を持っていてくださったから、物ごとがスムーズに運んだんです。こちらこそ、御礼を申し上げます」

「とんでもない」

川嶋は大仰に手を横に振った。

京介は川嶋に見送られながら、師走の町を歩きだした。

解説

小梛治宣

小杉健治ミステリーの根幹には「愛」がある、と私はその作品を読むたびに感じている。親子・夫婦・恋人・友人・師弟と、その関係は様々であり、またその形は異なってはいても、常に「愛」が作品の核にある。

だから、殺人を扱うミステリーではあっても、温《ぬく》もりが感じられ、読後の余韻が深い。そこが、小杉ミステリーが、他の追随を許さない個性なのだともいえる。あるいは、作者が四十年にもわたって(デビュー作は一九八三年の第二二回オール讀物推理小説新人賞受賞作「原島弁護士の処置」)、コンスタントに作品を紡ぎだせる原動力も、そのあたりにあると、私は考えている。

さて本作でもまたその「愛」が、事件の鍵を握ることになる。しかも、見方によれば、それは「究極の愛」ともいえる。代表作『父からの手紙』(光文社文庫)で父子の究極の愛を追求した作者が、本作ではまったく異質の、男女間の究極の愛を描き出すことになる。

弁護士の鶴見京介は、司法研修所同期生でやはり弁護士をしている的場成美に、裁判所を出たところで偶然再会した。彼女は民事が専門なのだが、二か月前に起きた強盗殺人事件の被告人の弁護を担当しており、難しいのでアドバイスをして欲しいというのだ。

その事件というのは、宅配業者を装った男が、高齢の女性をハンマーで殺害し、屋内にあった八百万円を盗んで逃走したというものだ。逃走中に犯人は捕まったのだが、その栗林優太という二十四歳の男は、闇バイトに応募し、指示役の男に命じられるままに押し入ったのであり、押し入ったのは二人で、殺したのは、逃げてしまったもう一人の男の方だと主張していた。

だが、警察は、栗林が八百万円と凶器のハンマーを所持していたため、単独犯行と決めつけ、彼の主張をまったく信じてはいないようなのだ。栗林は、もう一人の男が、自分より三、四歳上ぐらいできつね目だったということ以外は、名前も居所も知らず、捜す手掛りは皆無だった。的場弁護士からアドバイスを求められた京介にも、今のところは打つ手がなかった。

しかし、この事件が、その後京介が扱う殺人事件を解決に導く糸口となるのだが、その繋《つな》げ方が実に巧みなのである。そのあたりは、小杉ミステリーの特質の一つでもあり、やはり今回もストーリー展開の妙には感心せざるを得ない。芝居に喩《たと》えるならば、廻《まわ》り舞台が一転して京介が姿を消すと、一人の女性が登場してきて、悲恋の物語が断片的に語られ、また舞台が一転すると、京介の姿が舞台に戻ってくるという趣向なのである。この非連続の連続の手法が、作品そのものに変化と奥行きを与え、知らず知らずの内に読む者を物語の世界に引き込んでいくに違いない。

とりわけ、断片的に語られる「悲恋のヒロイン」から放たれる光芒《こうぼう》に何とも形容のつけ難い魅力を感ずるのである。これまでに本シリーズで作者が登場させてきた数々の女性（ヒロイン）の中でも、今回の中越ちづえは異彩を放つ存在ではないか、と私は思っている。だから読後の余韻も一層深まるのではあるが。

中越ちづえの「悲恋」の内容は、本作を読んでじっくり味わっていただくとして、その悲恋に至る経緯が、先に挙げた強盗殺人事件と、京介が担当する事件の二つを橋渡しすることになるのだが、その中からさらに、もう一つの事件が浮かび上ってくる。

では、その京介が扱うことになる「事件」にも簡単にふれておくことにしよう。

江戸川区にある不用品回収業者『夢の回収本舗』の社長高井秋人が、事務所で殺害された。容疑者として逮捕されたのが、前の社長の妻今川比奈子の代理人の吉富純也という男だった。吉富は、亡くなった社長の財産が少なすぎると再三文句を言いに来ていた。前社長の今川修三が半年前に交通事故で亡くなったあと、今川の右腕だった高井が社長となっていたのだった。今川と高井は、元半グレ集団のメンバーだったため、今川の交通事故と今回の殺人事件との関連も問題にはなったものの、事件のあった夜、高井のもとを吉富が訪ねていたことが従業員の証言や商店街の防犯カメラで裏付けられ、凶器のハンマーが吉富のマンション近くの公園の植込みで発見されたことが決め手となり、殺人容疑で吉富が逮捕されることになったのである。だが、吉富はあくまでも無罪を訴え続けていた。

その吉富の弁護を、今川比奈子の依頼で鶴見京介が担当することになったわけである。実は、吉富は比奈子の愛人だったのだ。夫の修三に愛人がいることを知ったあと、吉富と付き合い出したようだ。

その夫は、轢《ひ》き逃げされ、犯人は未《いま》だにわかっていない。本当に単なる事故だったのか。もしかすると殺人だったのではないかと疑えないこともない。京介は、そのあたりを心配していた。比奈子がなかなか離婚してくれない夫が邪魔になり、轢き逃げに見せかけて殺害し、そのことを高井に気づかれたので殺した。いずれも実行犯は、吉富だと警察が考える可能性がある――と予測した京介は、先手を打って轢き逃げ事件を調べてみることにした。そこで浮かび上ってきたのが、轢き逃げされた今川の愛人である。彼女が何かを知っている可能性があるのではないか。京介は、この愛人の正体を突き止めるべく動き出す。

すると、いく筋かの水脈が収束されて、一つの大きな流れとなるように、全体のストーリーがみえてくるのである。そして、意外な結末を生み出したものが、前述した「究極の愛」、しかも、ひと味もふた味も違った愛だったことを、読者は知ることになるはずである。作者の描きたかったのもそこにあるのではないかと思うので、そのあたりを、ぜひ味わって欲しいものである。

ところで、本シリーズには必ずといっていいほど、隠し味のように、地方の古い街が登場する。郡上八幡《ぐじようはちまん》（『生還』二〇一九年）、四国八十八か所巡り一番札所《ふだしよ》鳴門《なると》市霊山寺《りようぜんじ》（『結願《けちがん》』二〇二〇年）、函館・立待岬《たちまち》（『邂逅《かいこう》』二〇二一年）、北海道白老《しらおい》（『奪還』二〇二二年）、京丹後《きようたんご》市網野町《あみのちよう》（『連鎖』二〇二三年）といった具合だ。

今回はといえば、名古屋からほど近い有松《ありまつ》である。有松絞りの開祖、竹田庄九郎らによって東海道筋に誕生したところで、今も街道沿いには日本の建築美を伝える絞り商家の家並が残っており、二〇一六年には重要伝統的建造物群保存地区に選定されている。京介が訪ねる有松・鳴海絞会館では、四〇〇年の伝統を誇る有松絞りに関する展示や実演も行われている。そして、京介がその次に訪ねたのが、織田信長が今川軍の十分の一に満たない兵力で勝利した桶狭間《おけはざま》古戦場だが、その跡地の公園が事件解決のヒントを得る重要な地点ともなっているのである。ここで読者は、戦国武将の生きざまにふと思いを馳《は》せることになるのかもしれないのだが、私などはそのシーンが、読後も脳裏に焼き付いている。

そうしたところが、小杉ミステリーのプラスα《アルファ》の面白さであり、読者を離さぬ魅力ともなっているといえるだろう。

本作の最終章（第四章）で、鶴見京介は次のように語りかけている。

「ふつうであれば、愛人ではなく、結婚を望むはずです。しかし、あなたは愛人でいいと思った。それは確固たる愛の確信があったからではないでしょうか。結婚という形にとらわれない、家庭というものに重きを置かない。世間から見れば歪《いびつ》な愛でも、あなたにとっては究極の愛だったのでは」

この言葉が、相手の頑《かたく》なな心をゆっくりと開いていくことになる。そして、その先にあるものは……。弁護士としての京介の温もりのある手腕と、究極の愛の行方を存分に味わっていただきたい。


（おなぎ・はるのぶ　文芸評論家／日本大学名誉教授）

本書は、集英社文庫のために書き下ろされた作品です。

この作品はフィクションであり、実在の個人・団体・事件・地名などとは一切関係ありません。

小杉健治の本

邂逅

立待岬で親友が墜落死。犯人は正当防衛を主張するが、鶴見弁護士は不審を抱いて……。真実を探るうち、死者の恐るべき企みが明らかに。償いの意味を問う、慟哭のミステリー!

奪還

妻殺しの容疑者・有原を弁護する鶴見。有原は殺害時刻のアリバイを主張するが、その証拠となる男の主張が食い違う。手掛かりを求めて鶴見は北海道へ向かい……。長編ミステリー。

集英社文庫

集英社文庫

最《さい》　愛《あい》

2024年4月25日　第1刷　　定価はカバーに表示してあります。

著　者　小《こ》杉《すぎ》健《けん》治《じ》

発行者　樋口尚也

発行所　株式会社 集英社
東京都千代田区一ツ橋2-5-10　〒101-8050
電話　【編集部】03-3230-6095
【読者係】03-3230-6080
【販売部】03-3230-6393（書店専用）

印　刷　株式会社広済堂ネクスト

製　本　株式会社広済堂ネクスト

フォーマットデザイン　アリヤマデザインストア　　マークデザイン　居山浩二

ISBN978-4-08-744640-1 C0193